Manfred Hirschleb

# The Darkness
# behind the Smile

---

## Die Dunkelheit
## hinter dem Lächeln

**Krimi**

Bibliografische Information der Deutschen Nationalbibliothek:
Die Deutsche Nationalbibliothek verzeichnet diese
Publikation in der Deutschen Nationalbibliografie;
detaillierte bibliografische Daten sind im Internet
über http://dnb.d-nb.de abrufbar.

# 1

Es war heiß. Die Villen und schicken Häuser, zumeist umgeben von Büschen, Hecken und hohen Bäumen, spendeten nicht nur Schatten, sie schufen im Grunewald auch ein Mikroklima, in dem man die sommerliche Hitze gut aushalten konnte. Die weinumrankte Pergola sperrte die pralle Sonne aus. Die Rattanmöbel auf der Terrasse hinter der kleinen Villa hatten zwar schon bessere Zeiten gesehen, ebenso wie das Kaffeegeschirr auf dem Tisch, waren jedoch heimelig und bequem.

Von einer hohen Thujahecke geschützt, schenkte sich inmitten dieses kleinen Paradieses gerade ein Mann die zweite Tasse Kaffee ein. Der aromatische Duft machte Lust auf mehr – vielleicht ein leckeres Stückchen Kuchen? Er sah gut aus: eins achtzig groß, dunkles zurückgekämmtes und hinter dem Kopf zusammengebundenes Haar, an die 45 Jahre, braun gebrannt mit markantem Gesicht und Lachfältchen um die Augen. Wenn er lachte, zeigten sich eine Reihe schneeweißer Zähne. Sein Job als Systemsmanager und Leiter der EDV-Abteilung eines größeren Unternehmens ließ ihm kaum Zeit, auf normalem Wege Bekanntschaften zu schließen, stattdessen suchte er sein Glück im Internet und glaubte, nun endlich seine Traumfrau gefunden zu haben.

Sie hatten sich in einem Chatroom kennengelernt, wo sie beide auf der Suche nach einem geeigneten Partner waren. Über mehrere Wochen hatten sie sich ausgetauscht, Details zu Aussehen, Charakter, Beruf, Vorlieben und Stärken abgeklopft und schließlich gegenseitiges Interesse bekundet. Bereitwillig war er ihrer Einladung gefolgt und sie heute erstmals persönlich kennengelernt.

Für ihn war es Liebe auf dem ersten Blick – sie war ein Bild von einer Frau. Schon beim Anblick ihres Fotos hatte sein Herz wild zu pochen begonnen und gedanklich hatte er sie schon längst ausgezogen. Umso größer seine Begeisterung, dass die Wirklichkeit der virtuellen Realität in Nichts nachstand.

Die Begrüßung war herzlich: Küsschen rechts, Küsschen links, kurze Umarmung. »Ich bin Nicole«, hatte sie gehaucht und ihn hereingebeten; dann durchs Haus und auf die Terrasse geführt, wo ein gedeckter Tisch wartete.

Während er noch darüber nachdachte, wie dieses Date enden sollte, trat sie wieder aus der Terrassentür. Der Kuchen auf dem Teller in ihrer Hand mischte sich mit dem Aroma des Kaffees und machte die

Situation perfekt. Genauso perfekt wie ihre Erscheinung: Um die 40 Jahre, eins fünfundsiebzig groß, schlank, mit nicht zu großem Busen, der ihre Figur besonders betonte. In ihrem exotisch aussehenden schmalen Gesicht, eingerahmt von schwarzem schulterlangem Haar, blickten ihre dunklen, fast schwarzen Augen verschmitzt zu ihm. Sie war eine eurasische Schönheit, von der er einfach nicht genug bekommen konnte. Er kannte sie bisher nur unter ihrem Nickname im Chat: *TNT*. Jetzt hatte er endlich einen richtigen Namen: Nicole.

»Du siehst aus, als wärst du verliebt«, fragte sie lachend und stellte den Blaubeerkuchen auf den Tisch. »Ich habe sie selber gepflückt. Du musst ihn unbedingt probieren – ein Gedicht!«

»Na, das lasse ich mir nicht entgehen«, säuselte er und griff nach dem Tortenheber.

Unter ihren durchdringenden Blicken hob er sich ein Stück auf den Teller und nahm die Gabel zur Hand, während sie an ihrem Ausschnitt herumzupfte.

*Nun mach schon. Ich kann es kaum erwarten. Ja, du bist richtig. So lange musste ich warten, aber jetzt bist du da ...*

Gespannt beobachtete sie, wie er sich das erste Stück Kuchen in den Mund schob, genüsslich kaute und mit einem Schluck Kaffee nachspülte.

7

»Wow, das ist mal ein Genuss! Und den hast du selbst gebacken?«, fragte er. »Ich sollte dir sofort einen Heiratsantrag machen.«

»Der eine oder andere hat das schon probiert, aber du bist der Erste, der mir das schon beim ersten Bissen sagt.«

Der Anblick ihres Lächelns weckte Hoffnungen in ihm. Das war mal eine Frau! Schön, intelligent, gebildet, konnte backen … *Und den Rest werde ich noch herausfinden,* sinnierte er.

Er konnte sein Herz klopfen hören, immer schneller. Das Blut rauschte in seinen Ohren. Das Atmen fiel ihm plötzlich schwer, sein Herzschlag beschleunigte sich immer weiter. Er fasste sich an den Hals, bekam keine Luft, riss sich den Kragen auf … Seine Blicke fanden ihre Augen – eiskalt. Langsam rutschte er vom Stuhl, riss dabei die Tischdecke herunter und kam zuckend auf dem Boden zu liegen. Mit schmerzverzerrten Gesicht und aufgerissenen Augen blieb er reglos liegen. Er war tot …

Sie betrachtete die Szene zufrieden. Jetzt galt es, ihn für immer aufzubewahren. Er gehörte ihr, ihr ganz allein. »Du wirst mich nie wieder verlassen und für immer bei mir bleiben. Und jetzt schlaf! Wir werden uns später unterhalten.« *Aber erst muss ich dich runterbringen.*

Euphorisch und mit sich selbst zufrieden machte sie sich ans Werk.

Neben der Terrasse befand sich der Eingang zum Keller. Sie stieg hinab, öffnete die Tür, kehrte zurück, packte den Leichnam unter den Armen und zog ihn behutsam die Kellertreppe hinunter. Es kostete sie einige Anstrengung, den leblosen Körper in den alten Rattansessel zu heben, der neben der Gefriertruhe stand, aber schließlich war es geschafft! Zärtlich strich sie ihm die Haare aus dem Gesicht, zupfte seine Kleidung glatt und faltete seine Hände im Schoß zusammen.

Sie streichelte ihm zärtlich über die Wange, während seine gebrochenen glanzlosen Augen sie anblickten. »Gleich, Daddy, ich muss nur schnell aufräumen, dann bin ich bei dir und wir können uns unterhalten. Es dauert nur kurz, ja?«

Sie kehrte nach oben zurück und beseitigte alle Spuren des Rendezvous, während sie fröhlich vor sich hin pfiff. Als sie damit fertig war, erinnerte nichts mehr an die Anwesenheit eines Gastes. Die leichte Brise des plötzlich aufkommenden Windes spielte mit ihrem Haar und vertrieb die allerletzten Spuren des Geschehens: das Aroma des Kaffees und des Kuchens. Sie hatte ihren Daddy zurück. Endlich …

Wie beim ersten Mal hatte sie Daddy aufrecht in einen Lehnstuhl gesetzt und gemeinsam sprachen sie über früher, die schönen Stunden, als sie noch zusammen waren. Die vielen Ausflüge! Oder wie sie abends unter sternenklarem Himmel auf der Terrasse saßen, Eistee tranken und kuschelten. Dann erzählte er ihr von Mama. Wie schön sie war und dass sie sich sehr liebten. Manchmal begann er zu weinen. In diesen Momenten drückte er sie besonders innig an sich. Sie nahm ihm jedes Mal das Versprechen ab, sie niemals zu verlassen.

Ihre Gedanken schweiften zurück: Als er noch bei ihr war und sie ständig auf Reisen gingen, obwohl er oft wegen verschiedener Anlässe abwesend sein musste, unternahmen sie ständig etwas zusammen. Sie gingen in Zoos oder sahen sich exotische Bauwerke an, besuchten Vergnügungsparks oder machten Ausflüge mit einem Schiff. Und es gab Eis! Die Länder, die sie besuchten, waren meistens sehr heiß und deswegen durfte sie sich immer ein großes Eis wünschen. Dann gab es die schönen Feste der Einheimischen mit den exotisch-bizarren Figuren. Die waren so wunderschön und leuchteten in bunten Farben. Nur mit der fremdländischen Musik, dem Getrommel, Gepfeife und unverständlichen Singsang hatte sie so ihre Schwierigkeiten. In die Schule brauchte sie nicht zu gehen – sie bekam Privatunterricht. Die Menschen waren stets nett und freundlich zu ihr. Leider konnte sie nie wirkliche Freundschaften schließen, denn sobald sie sich etwas eingewöhnt hatte, wurde Daddy wieder versetzt. Ihr Vater … Ja, er liebte sie über alles und sie ihn auch. Sie konnte sich ein Leben ohne ihn nicht vorstellen und es war ein schönes Leben – bis er plötzlich aus ihrem Leben verschwand.

All die schönen Erinnerungen konnte sie nur mit ihm teilen. Wenn auch nur für Stunden, so war es doch das Einzige, was ihr blieb. Nur diese Momente mit ihm, die ihr keiner mehr nehmen konnte; die Sehnsucht wieder Kind zu sein und diese schöne Zeit mit Daddy erleben zu dürfen, waren ihr Antrieb. Mit ihrer Kinderstimme, die sich schluchzend ihrer Brust entrang, strich sie ihm zärtlich über das Gesicht: »Ich muss jetzt gehen, Daddy, aber du bleibst ja bei mir. Du wirst mich nicht wieder verlassen, so wie damals, ja?«

Das Geräusch eines vorbeifahrenden Motorrads vor dem Haus riss sie aus ihren Träumen. Bevor die Leichenstarre das Tragen beschwerlich machte, wuchtete sie den toten Körper in die Gefriertruhe, strich seine Kleidung erneut glatt und faltete seine Hände wieder über der Brust zusammen. Dann schloss sie den Deckel. Nun würde er für immer bei ihr bleiben.

## 2

Die Hitze, die wie eine Dunstglocke über der Stadt klebte, legte sich auf die Gemüter ihrer Bewohner. Die Wasserspiele auf den Plätzen spendeten den Erwachsenen kurzfristig etwas Erfrischung. Ausgelassen tobten die Kinder darin herum, bespritzten sich gegenseitig und manch einer stellte sich einfach unter die Fontänen. Ganz Berlin ächzte und stöhnte.

Harry Nitzer lag auf seinem nicht mehr allzu sauberen Bett. Nur mit Unterwäsche bekleidet wälzte er sich in den Laken hin und her. Seine Dachgeschosswohnung hatte sich wie ein Backofen aufgeheizt. Durch die weitgeöffneten Fenster drang kein Lüftchen herein. Hinzu kam der Lärm von der Straße unten, der ihn kein Auge zutun ließ. Er wollte doch nur ein Nickerchen machen. Neben ihm, auf dem Nachtisch, stand eine halb volle Flasche Wodka; das Glas lag auf dem Boden. Es war Samstagnachmittag und das restliche Wochenende versprach keine Besserung.

Seit er vor 20 Jahren in den Polizeidienst einge-
treten war gab es so viele Hochs und Tiefs, dass er
sich nur noch nach der Pensionierung sehnte. All die
Jahre hatte er sich durch den Sumpf des Verbrechens
gearbeitet. Und wofür? Die gelösten Vermissten-
und Mordfälle waren nicht sein Problem, er konnte
eine wirklich gute Aufklärungsquote vorweisen. Was
ihn nachts nicht schlafen ließ und ihm Albträume
bereitete, das waren die ungelösten Fälle. All diese
Verbrechen, die nie aufgeklärt wurden: Mörder die
davonkamen und weiter mordeten. Jedes Mal hin-
terließen sie Trauer und soziales Elend. Er fühlte
sich hilflos, beinahe ohnmächtig. Obwohl er ein
gutes Team hatte, kamen so viele Täter ungestraft
davon. Der moderne Polizeiapparat mit all seiner
Logistik konnte daran nichts ändern. Es war frus-
trierend. Er ließ sich immer öfter gehen, trank zu
viel und achtete immer weniger auf sein Äußeres.

Die gelegentlichen Beziehungen und Kneipen-
bekanntschaften hielten nie lange. In den letzten
Wochen hatte er sein Glück in diversen Chatrooms
probiert, denn die Datingbörsen waren ihm zu teu-
er. Er saß stundenlang vor dem PC, stöberte in ein-
schlägigen Foren und verfolgte die diversen Dialoge einsamer Menschen. Mit zunehmender Triviali-
tät im Chat stieg auch seine Frustration, aber was
sollte er machen? Er suchte einen Menschen, der

ihn nicht sofort durchschauen würde. Er könnte *sie* dann behutsam mit seinem Beruf vertraut machen. Die Anonymität verschaffte ihm Zeit. Zeit, die er brauchte, um sich zu ändern – wieder in die Spur zu kommen. Vielleicht klappte es ja.

Er richtete sich auf und setzte sich auf die Bettkante. Sein Blick wanderte zu der angefangenen Wodkaflasche. Nein, es reichte. Er stand auf und ging ins Bad. Wenigstens das Duschen brachte etwas Erleichterung.

Als er fertig war, trocknete er sich ab und schaute sich im Spiegel an. Was er sah, war ein 46 Jahre alter Mann, eins fünfundachtzig groß und trotz eines leichten Bauchansatzes recht muskulös. Das volle, leicht gewellte und fast schwarze Haar trug er nach hinten gekämmt. Trotz seines Dreitagebarts sah er beinahe aus wie der alternde Steven Seagal, nur nicht so martialisch. Für einen Zopf waren seine Haare ohnehin zu kurz. Wenn er sich Mühe gab, konnte er durchaus attraktiv aussehen. Auf seinem Gesicht lag zumeist ein spöttischer Ausdruck, seine dunkelbraunen Augen konnten einen förmlich durchbohren. Wenn er lachte, was selten vorkam, wirkte das auf andere meist ansteckend.

Mit dem Handtuch um die Hüfte schlurfte er in die Küche, in der sich das ungewaschene Geschirr der letzten Tage angehäuft hatte, nahm eine Flasche Mineralwasser aus dem Kühlschrank und machte sich auf ins Wohnzimmer.

Der Bildschirmschoner seines PCs zeigte eine hübsche braun gebrannte Blondine unter Palmen, in der Hand ein Cocktailglas und nur mit einem bunten Sarong von der Hüfte abwärts bekleidet. Die leichte Brandung des türkisgrünen Meeres brach sich an dem wunderschönen weißen Sandstrand. Palmen neigten ihr Haupt dem Meer zu und große runde Felsbrocken auf einer kleinen Landzunge vervollständigten das Idyll – die Seychellen.

Ächzend ließ er sich in den Stuhl fallen, griff nach der Maus und fand sich im Chat wieder. Er hatte sich nicht ausgeloggt. Gelangweilt verfolgte er die Dialoge und versuchte sich hinter den Nicknamen irgendwelche Personen und Charaktere vorzustellen. Durstig setzte er die Flasche an die Lippen, als ihm etwas ins Auge sprang: *TNT* …

# 3

Andy Doblers Kopf dröhnte und pochte. Er lehnte sich in seinem Stuhl zurück, öffnete die Schublade, friemelte zwei Aspirin aus der Packung, schob sie sich in den Mund und spülte mit Cola nach. Blass sah er aus. Mit seinen eins siebenundsechzig war er vergleichsweise klein. Er hatte beinahe schulterlanges braunes Haar, das er in der Mitte gescheitelt trug; manchmal band er es zu einem Zopf zusammen. Dünn war er und auf seinem Schreibtisch lagen zerknüllte Chips- und Flips-Tüten, leere Getränkedosen, einige leere Colaflaschen, Pizzakartons ... er war der fleischgewordene Nerd aus einem schlechten Film.

Seit mehreren Wochen hatte er ganze Berge von Akten digitalisiert. Aus allen LKAs der Bundesländer waren die ungelösten Mordfallakten der letzten zehn Jahren eingetrudelt, damit er sich der Entwicklung seines neuen Programms widmen konnte. Es war fast fertig. Nun galt es die vielen ungelösten Mordfälle nach Kategorien zu ordnen: Städte, Tatorte, Tatwaffen, Todesumstände, Tathergang, Opferprofil und mögliche Motive, dazu die Obduktionsergebnisse und weitere Faktoren. Er setzte alles übersichtlich in Bezug zueinander und das Programm zog automatisch Vergleiche. Das Bundeskriminalamt in Wiesbaden hatte ihn eigens dafür abgestellt, da er der einzige Programmierer war, den es zur Polizei verschlagen hatte. Ursprünglich war das Programmieren nur ein Hobby von ihm und sein Talent hatte sich erst nach der Polizeischule herauskristallisiert.

Fertig! Zufrieden klickte er ein letztes Mal auf *Speichern*. Jetzt musste er nur noch das Rundschreiben an alle Landeskriminalämter verfassen und das Ganze von höherer Stelle absegnen lassen, dann war jedes LKA in der Lage, ungelöste Mordfälle einzugeben und sich von seinem Programm Vergleichsdaten heraussuchen zu lassen. Gab es irgendwelche Ähnlichkeiten wie Motive, Tatwaffen, vergleichbare Tatorte, Obduktionsergebnisse etc., wurden diese nach Relevanz gewichtet aufgelistet. Auch ein rudimentäres Täterprofil wurde automatisch erzeugt. Es war ein gutes Programm; hilfreich bei der Suche nach Tätern, die niemals gefasst wurden. Besonders, wenn es sich um Serientäter handelte.

Es dauerte nicht lange, und er bekam von höherer Stelle das Okay. Die Kollegen klopften ihm auf die

Schulter und drückten damit ihre Hochachtung aus. Andy genoss die Anerkennung.

»Und jetzt, Leute, schicken wir das Programm auf die Reise« Er streckte den Zeigefinger in die Höhe und ließ diesen wie eine Rakete auf die Sendetaste sausen.

Die umstehenden Kollegen brachen in Beifall aus. Zufrieden mit sich selbst lehnte er sich zurück, setzte eine Coke an die Lippen und trank in gierigen Schlucken.

Kurze Zeit später ging im Landeskriminalamt 1 in Berlin eine E-Mail ein. Der Betreff lautete: *Programm zur Vergleichbarkeit ungelöster Tötungsdelikte.*

# 4

Die Reise führte nach Malaysia. Daddy war von der Regierung nach Kuala Lumpur geschickt worden. Als Diplomat lernte er viele fremde Länder, Menschen, Ethnien und Kulturen kennen. Seine Frau war bei der Geburt ihrer gemeinsamen Tochter gestorben. 1971 war das. Er hatte sie in Chiang Mai kennengelernt, einer Provinz im Norden Thailands. Es war das kulturelle und wirtschaftliche Zentrum Nordthailands mit der Hauptstadt gleichen Namens. Sie war Haushälterin, als sich die beiden verliebten. Kurz darauf war sie schwanger und die beiden heirateten. Wie im Märchen: der Diplomat und die Zofe.

Das Kind ihrer Liebe, das seine Frau das Leben gekostet hatte, ließ er von einem Kindermädchen aufziehen, Iris. Von ihr erhielt sie in späteren Jahren auch Privatunterricht. Nur wenn sie mal längere Zeit zu Hause in Berlin waren, musste sie zur Schule gehen.

Daddy und sein kleines Mädchen hatten ein inniges Verhältnis zueinander und niemals musste sie seine Liebe vermissen. Immer, wenn er Zeit hatte, machten sie Ausflüge oder andere Unternehmungen. Sie war ein liebes aufgeschlossenes Mädchen mit großen, dunklen Augen und schwarzen Haaren – das Ebenbild ihrer Mutter.

»Prinzessin!«, hörte sie ihn im Foyer rufen. »Wo hast du dich versteckt, Sonnenschein? Ich konnte mich etwas früher frei machen und weißt du was? Ich habe eine großartige Idee!«

»Daddy, Daddy!«, lief sie ihm entgegen und sprang in seine Arme. »Oh ja ... machen wir wieder einen Ausflug?«

Sie schmiegte sich fest an ihn, während er sie an sich drückte, ihr die Locken – die sie von ihm hatte – aus dem Gesicht strich und sie zärtlich auf die Stirn küsste.

»Was hältst du davon, wenn wir zum Hafen nach Port Klang fahren und uns die Cap Anamur ansehen? Das ist ein deutsches Schiff, das die Boatpeople aus Vietnam aufnimmt und ärztlich versorgt. Ich habe dir doch von den vielen vietnamesischen Flüchtlingen erzählt, die versuchen, über das Meer in andere Länder zu kommen. Sehr viele sind dabei ertrunken. Die Cap Anamur rettet sie und bringt sie in andere Länder, wo sie eine neue Heimat finden sollen«, erklärte er.

»Sind auch welche nach Deutschland gekommen, Daddy? Und dürfen die dann auch dort bleiben?«

»Ja. Letztes Jahr hat Deutschland an die 170 von ihnen aufgenommen. Viele wurden in Familien untergebracht. Aber weißt du, da ich an Bord darf, kannst du mitkommen und den Kapitän kennenlernen. Das wäre doch mal eine Abwechslung, statt immer nur Tempel anzuschauen, oder?« Ihr Vater ließ sie runter, kniete sich vor sie hin und schaute sie fragend an.

»Ja, ich glaube das würde mir gefallen.« Sie fiel ihm wieder um den Hals. »Die armen Menschen, Papa, haben die zu Hause keinen Doktor, der ihnen hilft?«, flüsterte sie an seinem Ohr.

»Nein, Prinzessin. Das sind ganz arme Menschen, die meisten sind schon sehr lange auf der Flucht. Wenn sie die gefährliche Reise auf dem Meer überlebt haben, sind sie oft krank. Deshalb wird ihnen auf dem Schiff auch medizinisch geholfen. Die Ärzte auf dem Schiff sind ihre letzte Rettung. Vielleicht nehmen sie auch welche mit nach Deutschland. Aber viele sind das nicht, mein Engelchen. Schnell, zieh dir etwas über. Der Wagen wartet vor dem Haus. Wir können gleich losfahren. Es dauert nur eine knappe Stunde bis Port Klang. Der Kapitän ist ein alter Bekannter von mir.«

Sie löste sich aus seinen Armen und und rannte los. »Iris, Iris, ich darf mit zum Hafen auf die Cap Anamur. Papa will mich dem Kapitän vorstellen. Muss ich eine Jacke mitnehmen?«, rief sie und rannte die Treppe hinauf, wo Iris mit ihren kurzen blonden Haaren und ihrem bunten Kleid bereits auf sie wartete.

Iris schloss sie in die Arme. »Nein, nein, Nicole, du brauchst keine Jacke. Es ist noch viel zu warm draußen.« Sie schickte sie wieder nach unten.

Der Besuch dieses Ärzteschiffes, sie war fast neun Jahre alt, war wohl Schlüsselerlebnis für die kleine Nicole. Der Anblick der ausgezehrten und meist kranken Menschen berührte ihr Herz. Besonders die vielen Kinder, um die sich die Ärzte liebevoll und fürsorglich bemühten, brannten sich tief in ihr Gedächtnis ein und waren vermutlich der Grund dafür, dass sie Medizin studierte und selber Ärztin wurde.

Ingo von Tesmer war in vielen Ländern Asiens eingesetzt worden: Indonesien, Thailand, Malaysia … Er sollte nun nach Ostdeutschland in die *Ständige Vertretung* entsendet werden, doch zuvor hatte er noch etwas zu erledigen.

Nach der beschwerlichen Fahrt nach Birma traf er in Taunggyi ein. Die Fahrt führte ihn etwas außerhalb der Stadt und das Chaos auf den Straßen befremde ihn als Europäer wieder mal aufs Neue. Alles hörte sich laut und hektisch an.

Es hielt vor einem Restaurant, exotische Küchendüfte kitzelten seine Nase und versuchten, seinen Appetit zu wecken, doch er hatte keine Nerven für derlei Genüsse. Er trat ein. In der hintersten Ecke saß ein etwas heruntergekommener Europäer in einem weißen Tropenanzug. Schweißflecken zeugten von der tropischen Hitze. Ein Panamahut verbarg sein Gesicht. Vor sich auf dem Tisch stand eine halb leere Flasche Whiskey, ergänzt um ein fast blindes Wasserglas.

Von Tesmer trat an den Tisch: »Sind Sie Montezuma?«, fragte er.

»Nein, ich bin Cortez«, erwiderte der Mann. »Setzen Sie sich. Haben Sie's dabei?« Er schob seinen Hut etwas zurück. Sein vom Alkohol aufgedunsenes Gesicht sprach Bände und seine Nervosität ließ ihn unruhig auf dem Stuhl herumrutschen. Sein Blick irrte ständig umher, als fühle er sich verfolgt.

Von Tesmer griff in die Jackentasche, holte einen Umschlag hervor und schob ihn über den Tisch. »Das ist alles, mehr habe ich nicht.«

»Was Sie von mir bekommen ist hochexplosiv, verstehen Sie?« Der schwitzende Mann im Tropenanzug warf einen kurzen Blick auf den Inhalt des Umschlages vor ihm, steckte ihn ein und nahm aus seiner Jackentasche einen anderen, viel dickeren Umschlag. Er schob ihn über den Tisch.

Hastig steckte von Tesmer das Kuvert ein und verließ das Restaurant. Ihm war bewusst, was für ein Sprengstoff sich in seiner Jacke verbarg. Nun musste er auf dem schnellsten Weg zurück.

Zurück in Berlin war die Villa im Grunewald wieder das Zuhause der kleinen Nicole und sie musste nun wieder mal die Schule besuchen. Freundschaften konnte sie nirgends schließen, stattdessen liebte sie ihren Vater abgöttisch. – Bis zu diesem einen Tag …

Daddy war schon seit einer Woche in der *Ständigen Vertretung* in Ost-Berlin. Sehnsüchtig wartete sie auf seine Rückkehr. Doch er kam nicht …

# 5

Die von Tesmers standen eines Tages vor der Tür um Nicole abzuholen.

Ihr Großvater war ein Mann alter Schule, Jahrgang 1910, etwas über eins achtzig groß, hager, um nicht *dürr* zu sagen. Die wenigen grauen Haare auf dem Kopf und die Adlernase mit den stechend blauen Augen verliehen ihm das Aussehen eines Raubvogels. Der hellgraue Anzug unterstrich sein distinguiertes Erscheinungsbild. Als ehemals überzeugter Nationalsozialist schloss er sein Jurastudium einst mit Bravour ab und wurde als regimetreuer Anwalt erst gegen Ende des Krieges an der Heimatfront eingesetzt. Jahre später wurde er Richter. Seine Frau hielt sich stets im Hintergrund. Man würde sie nicht als attraktive Person bezeichnen: halblanges brünettes Haar umrahmte ein Gesicht, in dem das Leben seine Zeichen hinterlassen hatte. Herb mit leicht verbittertem Gesichtsausdruck zuckten ihre graugrünen Augen unstet hin und her. Knapp eins fünfundsechzig groß trug sie ein hellgraues Kostüm.

Nun war ihr Sohn seit einer Woche verschwunden. Alle Bemühungen seitens der Polizei, BKA, BND und Auswärtigem Amt blieben erfolglos. Selbst die *Ständige Vertretung* in Ost-Berlin wusste nichts über seinen Verbleib. Er blieb spurlos verschwunden. Also wollten sie ihr Enkelkind zu sich nehmen, bis es neue Erkenntnisse gab oder der Vater des Kindes wieder auftauchen würde.

Nicole hatte Angst vor ihren Großeltern, insbesondere vor ihrem Opa. Er war streng, lieblos und nichts konnte sie ihm recht machen. Zucht und Ordnung, Fleiß, Sauber- und Pünktlichkeit, dazu stets einwandfreies Benehmen waren oberste Doktrin im Hause der von Tesmers. Ständig wurde Nicole gerügt: *Mach dies, mach das* – nie passte es. Oma war auch nicht besser. Sie hatte im Grunde nichts zu melden, was sie wiederum an ihrer Enkelin ausließ. Sie machte keinen Hehl daraus, dass Nicole ein Mischlingskind wäre, dumm und sogar hässlich. Ihr Sohn hätte niemals *diese Ausländerin* heiraten dürfen. Es herrschte das absolute Patriarchat.

Nachts lag Nicole oft im Bett und weinte sich in den Schlaf, während sie sich ihren Papa herbeiwünschte. Wenn sie an all die schönen Jahre zurückdachte, zerriss es ihr fast das Herz. Nach einer

Woche Abwesenheit hatte sie noch Hoffnung gehabt, dass er zurückkehren würde, doch diese Hoffnung verblasste mit jedem weiteren Tag, der ins Land zog. Der Kontrast konnte nicht größer sein. Hier wurde sie in eine Welt gestoßen, die sich so von der bisherigen unterschied, dass sie zwangsläufig Schaden nehmen musste. Ihre kleine Seele zerriss. Dieser Umstand vergrößerte den inneren Konflikt – eine böse Saat wurde gesät.

Je länger ihr Papa wegblieb, umso mehr schlugen ihre Gefühle für ihn ins Gegenteil um. Bis dato kannte sie keinen Hass, doch nun war er immer öfter da, drängte sich in ihr Bewusstsein. Auf der einen Seite die Sehnsucht, auf der anderen die Wut, dass ihr Daddy sie verlassen hatte. Und dann musste sie noch mit diesen grässlichen Großeltern zusammenleben. Auch dafür hasste sie ihn.

So verbrachte sie die nächsten Jahre zwischen den Extremen. Ihre junge Psyche wurde in einen unlösbaren Konflikt gestürzt, der sie ihr ganzes Leben begleiten sollte. Introvertiertheit war die Folge. Sie schottete sich ab, fühlte sich wie eine Gefangene im eigenen Körper. Schlimmer jedoch war ihr Identitätsverlust. Sie flüchtete in eine eigene Welt, ihr Universum, zu dem niemand Zutritt hatte. Nur so konnte sie das alles durchstehen. Erlöst wurde sie aus diesem Gefängnis nur, wenn sie zur Schule gehen konnte. Dementsprechend leicht fiel ihr das Abitur.

Und dann fühlte sie sich endgültig befreit, als sie mit ihrem Medizinstudium begann. Bald darauf starben ihre Großeltern kurz hintereinander. Nun war sie frei.

Sie zog wieder in ihr Elternhaus. Finanzielle Sorgen hatte sie keine: da sie volljährig war und ihr Vater für tot erklärt wurde, beerbte sie nicht nur ihn, sondern auch die Großeltern.

Seit dem Verschwinden ihres Vaters hatte sich ihr psychischer Zustand sukzessive verschlechtert. Sehnsucht und Hassgefühle kämpften permanent gegeneinander und wechselten sich mit der Vorherrschaft ab. Daran änderten auch ihre Promotion und spätere Arbeit als Anästhesistin nichts.

Immer öfter verlor sie den Bezug zur Realität, flüchtete sich in eine Fantasiewelt, wo sie mit ihrem Vater allein sein konnte. Dann gehörte er wieder ganz ihr, wenn auch nicht für lange. Diese Momente gaben ihr Halt. Sie spürte aber, dass das auf Dauer ungenügend war.

Als Studentin ließ sie sich gelegentlich auf sexuelle Abenteuer mit Kommilitonen ein, sie mussten jedoch ein ganz bestimmtes Aussehen haben. Mit dem Aufkommen des Internets machte sie die Entdeckung, dass man in den aus dem Boden schießenden Chatforen Bekanntschaften schließen konnte, was ihr sehr gelegen kam. Durch diese anonymen Bekanntschaften ergab sich für sie eine Möglichkeit, ihren geliebten Vater zurückzubekommen – wenn auch immer nur kurz.

Im Alltag war sie eine introvertierte, attraktive junge Frau, doch innerlich war sie zerrissen.

Nicole zog 2006 nach Hamburg und mietete ein kleines Haus in Bramfeld. Wie von Zauberhand fand eine erkleckliche Portion Zyankali den Weg in ihren Keller. Sie kaufte sich im Baumarkt einen Schaukelstuhl sowie einen einfachen Stuhl aus Rattan, ohne recht zu wissen wofür. Ebenso wenig war ihr klar, warum sie eine überdimensionierte Gefriertruhe im Keller aufstellen ließ.

Dann lud sie zum ersten Mal eine Chatbekanntschaft zu sich nach Hause ein.

Nach einigen Jahren fühlte Nicole sich nicht mehr wohl in Hamburg. Von den männlichen Kollegen wurde sie angehimmelt, die weiblichen Kollegen machten aus ihrem Neid keinen Hehl. Hinzu kam ihre Introvertiertheit: Sie schloss keine Bekanntschaften, nahm an keinen Feierlichkeiten teil und schottete sich regelrecht ab. Sie lebte in ihrer eigenen Welt, die niemand verstehen konnte. Als dann die ältere Vermieterin unverhofft auftauchte, um sich nach Nicols Befinden zu erkundigen und nach dem Rechten zu schauen, war ihr Beschluss gefasst und 2009 bereitete sie den Jobwechsel nebst Umzug nach Düsseldorf vor.

Auch hier mietete sie ein etwas abseits gelegenes Haus. Und wieder war sie allein – ohne ihren geliebten Daddy. Das ging eine Weile gut und in der Klinik arbeitete sie sich schnell ein. Dann begann sie wieder zu chatten. Die ungestillte Sehnsucht und die Rachegedanken in ihr wurden übermächtig.

Sie kaufte als Ersatz für die in Hamburg zurückgelassenen Sitzmöbel eine Garnitur aus Bambus und von einem Elektrogroßmarkt ließ sie sich eine neue Gefriertruhe liefern.

Am nächsten Wochenende hatte sie ein neues Date …

# 6

Das kleine Büro in der Zentrale des LKA 1 in der Keithstraße befand sich am Ende des Flures im 2. Stock. Eine Glasfront mit eingearbeiteter Tür trennte es vom Flur. Spartanisch eingerichtet teilte Harry Nitzer sich den Raum mit seinen beiden Mitarbeitern: Polizeihauptkommissar Strohbeck und Miriam Koch, Polizeikommissaranwärterin. Mit ihren 26 Jahren, dem blonden Pagenschnitt und ihrer Zierlichkeit war sie ein quirliges Persönchen. In ihren grünen Augen blitzte der Schalk und man musste sie einfach gern haben. Intelligent, aufgeschlossen und von unaufgeklärten Mordfällen besessen, hatte sie sich bei Harry vorgestellt, ihr Spezialgebiet war alles, was mit Computerrecherche zusammenhing – sie war eine Koryphäe darin, Harry konnte nicht nein sagen. Paul Strohbeck war 33 Jahre alt, ein schlaksiger Typ mit rotblonden Haaren und wachen Augen, die wie kleine Schweinsäuglein aus dem sommersprossigen Gesicht hervorlugten. Jeder, der ihn kannte, mochte ihn wegen seines aufgeschlossenen Wesens. Was ihn auszeichnete, war seine jahrelange Erfahrung bei der Mordkommission im Außendienst und die Gabe, blitzschnell komplexe Zusammenhänge herstellen zu können. Seine Kombinationsgabe war legendär.

Vor zwei Jahren hatte der Polizeipräsident beschlossen, ein Sonderdezernat zu gründen, welches sich mit unaufgeklärten Mordfällen insbesondere von Personen aus dem Wirtschaftsleben befassen sollte. Harrys Erfolge im LKA 4, wo er sich im Kampf gegen organisierte Kriminalität und Bandendelikte jahrelang einen hervorragenden Namen gemacht hatte, brannte ihn förmlich aus. Die Gründung des Sonderdezernates sah er als Chance, aus dieser Tretmühle herauszukommen. Nun arbeitete er als Chef des Dreierteams und sie teilten sich ein typisches Büro mit nicht mehr allzu neuen Schreibtischen, quietschenden Stühlen, zwei Aktenschränken vor einer Wand, die einen neuen Anstrich durchaus vertragen könnte. Auf einer kleinen Anrichte stand eine Kaffeemaschine mit diversen angeschlagenen Tassen – alles Einzelstücke. Die beiden überdimensionierten Fenster spendeten ausreichend Tageslicht und man konnte sogar einen Blick auf den Tiergarten erhaschen. Das einzig Moderne hier waren die LED-Leuchten, die über den Schreibtischen angebracht waren. Kleine Kakteen zierten die Fensterbretter – Paul liebte diese Pflanzen, weil sie pflegeleicht waren. Vereinzelt sah man auf den Schreibtischen Akten liegen, die vormals in den Archiven verstaubten. Jetzt wurden sie zu neuem Leben erweckt.

Harry hatte am Wochenende einige Stunden im Chat verbracht. Er hatte einfach nur die Dialoge der Teilnehmer und insbesondere die von *TNT* im öffentlichen Chatbereich verfolgt, wohl wissend, dass sich etliche der Teilnehmer immer wieder in private Chaträume zurückzogen oder sich direkt in Messaging-Fenstern unterhielten, die für ungeladene Gäste nicht einsehbar waren. Das war die reinste Singlebörse mit Abschleppgarantie, wie ihm schien. Hier wurden Sehnsüchte geweckt, Fantasien flossen ein und es wurde eruiert, ob er oder sie zum Idealbild eines zukünftigen Partners passte – oder einfach für einen schnellen One-Night-Stand taugte. Hoffnungs- und erwartungsvoll wurde in die Tastaturen gehauen.

Der Chatroom, den sich Harry ausgesucht hatte, hatte ein gewisses Niveau, was man an den Dialogen erkennen konnte. Hier tummelten sich einsame Menschen, meist aus sehr guten Berufen, die einfach keine Zeit hatten, auf normalem Wege einen Partner zu finden oder Beziehungen zu knüpfen. Es war eine Plattform moderner Partnersuche. Er hatte ein Auge auf *TNT* geworfen. Ihre Kommentare oder Antworten waren intelligent, witzig und von einer Frische, die ihn sofort in ihren Bann zogen. Er begann zu assoziieren und seine Fantasie spielte verrückt. Am liebsten hätte er sofort alles von ihr gewusst: Alter, Aussehen, Beruf, Vorlieben … Aber er traute sich nicht, hatte Angst, ihre Erwartungen nicht erfüllen zu können. Er wollte abwarten und vielleicht brauchte er vorher ein paar Schluck Wodka, um diesen ersten Schritt zu wagen. Der erste Eindruck zählte auch hier. Wenn er es versaute, musste er sich mühsam ein neues Profil erstellen. Vorerst blieb alles offen …

Er blickte gerade aus dem Fenster, als Miriam von ihrem Stuhl aufsprang und ihm ein Schreiben auf den Tisch legte.

»Was hältst du davon, Harry? Ich hab' kurz reingeschaut und finde das großartig. Vielleicht schaust du es dir an. Das erleichtert unsere Arbeit ungemein.«

Statt zu lesen, starrte er auf ihren Hintern, als sie zu ihrem Platz zurückging. Sie hatte hautenge Jeans an, wodurch ihr Hintern verführerisch wackelte.

Das blieb Paul nicht verborgen. Neugierig schaute er von seinem PC auf und blickte zu Harry rüber. Sein rötlicher Kopf, der über dem Bildschirm lugte, erinnerte an einen Sonnenuntergang.

»Okay, danke, ich schau gleich rein«, sagte Harry endlich, nahm das Schreiben und tat so, als würde er lesen.

Noch angeschlagen von dem Wodka-Exzess am Wochenende machte ihn die unerträgliche Hitze im Büro völlig groggy. Nicht mal die verdammten Fenster konnten sie öffnen, so heiß und drückend war es draußen. Das leichte Rattern des Ventilators, den sie aufgestellt hatten, war für die Katz. Er wirbelte die warme Luft lediglich durcheinander.

Gereizt las er. Doch, ja, das konnte hilfreich sein. »Paul, komm' mal rüber! Hast du das auch gelesen?«, fragte er und wedelte mit dem Wisch in der Luft herum.

»Ich habe keine Ahnung, um was es geht.« Er kam zu Harry, warf einen kurzen Blick auf das Schreiben und ging dann zu Miriam. »Hast du das Programm schon? Dacht ich mir. Lass mal sehen, was die da zusammengestöpselt haben.«

»Verfasser ist ein Andy Dobler. Der scheint ja was drauf zu haben«, meinte sie vergnügt, während sie sich durch das Programm scrollte und dabei kleine Ausrufe des Erstaunens von sich gab.

Paul hatte sich über Miriams Schulter gebeugt und starrte fasziniert auf den Bildschirm. Der Duft ihres Parfums war betörend. Seit er sie kannte, schlug sein Herz für sie, aber er war ein schüchterner Typ und absolut nicht für Büroaffären geschaffen, also hielt er sich zurück. Während er Miriam dabei zusah, wie sie die verschiedenen Features durchstöberte, erkannte er bereits die Möglichkeiten dieses Programms. Ja, das war genau das Richtige für ihr Team. »Wow, das ist genial!«, rief er überrascht aus. »Das musst du dir unbedingt anschauen, Harry«, rief er begeistert.

»Wenn das so super ist, kümmert ihr beide euch darum. Aber vergesst unsere aktuellen Fälle nicht. Wir haben einiges aufzuarbeiten und sind im Rückstand«, grummelte er und schaute auf seinen Bildschirm. Am liebsten würde er jetzt in den Chat gehen, aber nein: *Dienst ist Dienst und Schnaps ...*

Unlustig blätterte er in der vor ihm liegenden Akte. Dieser Mordfall lag schon länger zurück und war nie aufgeklärt worden. Berlin war ein einziger Sumpf des Verbrechens. Als er noch mit der Bandenkriminalität zu tun hatte, verschwanden immer wieder Personen aus der Szene, ohne dass jemals herausgefunden wurde, wo diese abgeblieben waren. Seit der Ausdehnung Europäische Union nahm das organisierte Verbrechen erschreckende Ausmaße an: Litauer, Türken, Albaner und Rumänen beherrschten die Szene. Drogen- und Menschenhandel, Prostitution, Zigarettenschmuggel, Geldwäsche und mehr hatten die Kartelle unter sich aufgeteilt.

Gelegentlich kämpften sie gegeneinander um die Vorherrschaft, also blieb es nicht aus, dass Morde zum Alltag wurden. Dieser ständige Kampf gegen das organisierte Verbrechen hatte ihn ausgehöhlt und beinahe zu einem Burn-out geführt. Hier allerdings, in diesem Büro, konnte er wieder aufatmen und neue Kraft für seine Arbeit schöpfen.

***

Seit beinahe vier Wochen kam Harry bei seinen aktuellen Ermittlungen nicht weiter, ebenso wenig bei seinen Bemühungen um *TNT*. Er hatte zwar den Mut gefunden, sie im öffentlichen Chat anzusprechen und er war nach wie vor fasziniert von ihr. Seinen Beruf verschwieg er wohlweislich, das konnte er später noch richtigstellen. Einstweilen gab er sich als Key-Account-Manager aus. Da er als solcher die *wichtigsten Kunden* seines *Unternehmens* betreute, erklärte das seine häufige Abwesenheit und die geringe Zeit für Privates – so konnte er sich jederzeit aus dem Chat zurückziehen.

Sein Gefühl sagte ihm, dass ein gegenseitiges Interesse bestand. Beide waren sie jedoch im öffentlichen Bereich sehr vorsichtig, um nicht zu viel von sich preiszugeben. Er nahm sich vor, sie bei nächster Gelegenheit mit einer Instand-Message anzuschreiben, ganz privat. Dann wollte er aufs Ganze gehen ...

Paul stürmte aufgeregt ins Zimmer und wedelte mit der aktuellen Ausgabe des hiesigen Boulevardblattes vor Harrys Nase rum: »Ich glaube, ich habe da was für uns.« Er hielt ihm die Schlagzeile vors Gesicht:

*SYSTEM-MANAGER VERSCHWUNDEN!* Darunter etwas kleiner: *Robert A., der Leiter der EDV-Abteilung eines bekannten Konzerns wird seit vier Wochen vermisst. Er verschwand spurlos, alle Nachforschungen der hiesigen Polizeibehörde verlaufen bisher erfolglos. Bei dem Verschwundenen handelt es sich um einen ...*

»Und was hat das mit uns zu tun, Paul? Haben wir nichts anderes zu erledigen, als uns um einen Wirtschafts-Fuzzi zu kümmern? Was habe ich da nicht richtig verstanden?«

»Nein, nein, du hast nix falsch verstanden. Es ist nur so ... ich habe mich in letzter Zeit intensiv mit diesem neuen BKA-Programm befasst. Einfach nur so, um festzustellen, inwieweit das für uns hilfreich ist. Gestern habe ich den Namen und Beruf dieses Managers eingegeben und was glaubst du, was passiert ist?« Vor lauter Aufregung stotterte er fast. »Es gibt Parallelen zu zwei anderen Fällen. Es ist etwas dürftig, weil nur die Personenbeschreibungen und Berufe passen, aber alle waren in großen Firmen als Manager tätig«, sprudelte es aus ihm heraus. »Und jetzt kommts: Zwei Leichen, jeweils in einer Gefriertruhe. Angekleidet, mit gefalteten Händen. Beide mit Zyankali vergiftete. Keinerlei äußerliche Verletzungen.« Jetzt hatte er sich in Rage geredet. »Und das Programm hat noch mehr ausgespuckt: Die beiden Häuser, in deren Kellern die Gefriertruhen standen, wurden von ein und derselben Person gemietet, die spurlos verschwand … einer Thailänderin: Mali Anatpong, geboren 1971 in Chiang Mai, das ist eine Provinz im Norden Thailands. Die Mutter ist Thailänderin, der Vater vermutlich Deutscher. Sie könnte also zwei Staatsangehörigkeiten besitzen.« Er musste kurz Luft holen. »Beide Male hat sie den Vermietern einen thailändischen Pass vorgelegt, der ziemlich alt und teilweise unleserlich war; außerdem hat sie grundsätzlich bar und weit im Voraus bezahlt. Deswegen fiel das nie auf.« Wieder musste er Luft holen. »Und da gibt's noch eine Merkwürdigkeit: Der Tatort. In beiden Kellern fand man jeweils einen Schaukel- und einen einfachen Stuhl, die sich gegenüberstanden.« Er räusperte sich, während sein Kopf vor lauter Aufregung rot anlief. »Und der Knaller ist … was denkst du?« Erwartungsvoll schaute er Harry an.

»Mensch, spann mich nicht so auf die Folter! Woher soll ich das denn wissen?« Durchdringend blickte Harry ihn mit seinem stechendsten Blick an. »Nun sag schon …«

»In beiden Häusern saßen die Toten aus der Gefriertruhe vorher in dem Schaukelstuhl. Man hat ihre DNA dort gefunden.« Jetzt war es raus. Er hatte Harry am Haken, sein Interesse geweckt.

Paul wollte noch einen draufsetzen: »Und noch was, Harry: Die DNA auf den beiden einfachen Stühlen stammt von ein und derselben weiblichen Person. Leider unbekannt.«

Jetzt wurde Harry hellhörig. Er konnte sich auf Pauls Spürsinn verlassen. Wenn er so aufgeregt war, war meistens etwas dran. »Ist Miriam involviert?«, fragte er. »Hat sie auch recherchiert und ist auf demselben Stand wie du?«

»Na klar, was denkst du denn«, rief sie über die Schreibtische hinweg. »Das Programm zeigt nur eine Abweichung. Im ersten Haus waren die Stühle aus Rattan, im zweiten aus Bambus. Ansonsten ist alles identisch. Paul meint, da zweimal weibliche DNA von der gleichen Person bei den Toten gefunden wurde, haben wir es mit einer Mörderin zu tun. Und ich glaube das auch. Es passt einfach alles zusammen«, wobei sie in einem Anflug von Euphorie aufjauchzte. »Ein Hoch auf das BKA und diesen

Andy.« Harrys strenger Blick ließ sie kurz innehalten. »Es sieht so aus, als gäbe es drei Personen mit ähnlichem Profil. Zwei sind tot. Da die dritte Person verschwunden ist, glauben wir, dass auch sie nicht mehr lebt. Das sieht nach einem weiteren Mord aus.«

Paul konnte kaum an sich halten: »Mensch, Harry …! Wir hätten es hier mit einem Serienmörder oder Serienmörderin zu tun! Die beiden Morde erfolgten zwar in verschiedenen Städten – der erste 2006 in Hamburg, der zweite 2009 in Düsseldorf –, aber die Parallelen sind offensichtlich. Und jetzt, 2016 in Berlin, der nächste. Okay, ob das jetzt ein Mordfall ist, wissen wir noch nicht. Aber das Programm zieht eindeutig Parallelen.« Er wischte sich den Schweiß von der Stirn. »Wenn das stimmt, dann fällt das in unser Ressort. Der neue Fall fällt da nicht ins Gewicht, weil wir uns darauf berufen können, die alten bearbeitet zu haben. Was ist – nehmen wir uns das vor?« Erwartungsvoll starrte er Harry an. Er war überzeugt, dass diese Fälle zusammenhingen.

Das war schwerer Tobak. Nach kurzem Überlegen bat Harry Miriam und Paul an den Tisch, wo sie die Fälle durchgingen.

»Und ihr seid absolut sicher, dass wir es mit ein und derselben Person zu tun haben?«

Miriam nippte an ihrem Kaffee, schaute über den Tassenrand und nickte mit dem Kopf. »Ja, alles spricht dafür. Die Indizien sind so klar, dass fast keine Zweifel bestehen. Harry, dieses Programm ist einfach genial! Das sieht eindeutig nach einem Serienkiller aus. Er oder sie mordet in Intervallen. Es liegen nur ein paar Jahre zwischen dem ersten und zweiten Fall. Und das Verschwinden dieses Managers jetzt passt voll ins Profil. Wenn wir uns reinknien, könnten wir ihn oder sie schnappen. Was meinst du, Paul?« Fast schon hilfesuchend schaute sie zu ihm rüber.

»Alles spricht dafür. Leider können wir kein Motiv erkennen. Jetzt liegt es an dir, Harry, ob wir die Sache ins Rollen bringen. Wir haben zwei identische Morde und vier Fakten: das Aussehen der Opfer, ihre Berufe sowie Zyankali, vermutlich mit Blaubeerkuchen verabreicht. Dann wären da noch die DNA-Ergebnisse ...« Er machte eine kurze Pause. »Kann mir das jemand erklären? Da sind ein Keller, zwei Stühle, einer davon ein Schaukelstuhl. Im Schaukelstuhl eine männliche Person, die später als Leiche in der Gefriertruhe landet. Im anderen eine weibliche Person, dem Mann gegenüber. Was haben die gemacht?«

»Na, miteinander geredet vermutlich«, warf Miriam ein.

»War er da schon tot oder hat er noch gelebt? Wenn wir das wüssten, kämen wir vielleicht an das Motiv«, sagte Paul.

»Paul, du nimmst Kontakt mit den Behörden in Thailand auf. Finde heraus, wer diese Frau ist. Ich rufe die Kollegen in Hamburg und Düsseldorf an. Vielleicht erfahre ich etwas mehr über die Tatorte und Umstände, was nicht in den Akten steht. Auf geht's, das ist unser Fall.«

Miriam und Paul blinzelten sich verschwörerisch zu.

Harry sah auf die Uhr. »Wir machen jetzt erst mal Feierabend. Ich jedenfalls.« Er würde jetzt sowieso keinen der Hamburger oder Düsseldorfer Kollegen mehr erreichen. »Ihr könnt natürlich noch weitermachen, wenn ihr wollt.« Grinsend fuhr er seinen Rechner herunter und schaltete den Monitor aus.

\*\*\*

Über Berlin ging ein heftiges Gewitter nieder. Der Donner hallte zwischen den Häuserschluchten und die Blitze leiteten das Jüngste Gericht ein, so kam es Harry jedenfalls vor. Als der Spuk vorbei war, hatte es sich um mindestens zehn Grad abgekühlt.

Endlich entwich die unerträglich warme Luft nach draußen.

Harry hatte einen unruhigen Schlaf. Da war ein quälender Gedanke in seinem Kopf, der ihm stets entwischte. Wieder und wieder zermarterte er sich das Hirn, konnte das Nichtgreifbare nicht fassen. Was war es, was ihn den Schlaf raubte? Hatte er etwas Wichtiges übersehen? Vielleicht fiel es ihm später noch ein …

Frustriert ging er duschen und setzte sich schließlich mit einem Handtuch um die Hüften an den Esstisch. Die Brötchen von gestern waren nicht mehr so knackig, dafür schmeckte der Kaffee umso besser. Sein Blick schweifte zum Computerbildschirm und der Bissen blieb ihm beinahe im Hals stecken … Wie ein Blitzlichtgewitter zwischen den Synapsen flackerte der Gedanke in ihm auf: die Parallelen – die Ähnlichkeit der Personenbeschreibungen! Er, ja, *er* beziehungsweise sein Chatprofil hatte Ähnlichkeit mit allen drei Personen ihres neuen Falles. Machte ihn das zum potenziellen Opfer? Ach was, das traf vermutlich auf jede Menge anonyme Chatter zu, online wurde mehr gelogen, als sonst wo … schließlich war nicht mal er selbst ehrlich.

So schnell, wie der Gedanke in ihm aufgeblitzt war, so schnell war er auch wieder verschwunden.

Frisch rasiert, mit neuem Hemd und Hose, verließ er seine Wohnung im vierten Stock des Häuserblocks. Obwohl ein Fahrstuhl vorhanden war, benutzte er grundsätzlich das Treppenhaus. Er bildete sich ein, dadurch fit zu bleiben. Auch ging er grundsätzlich zu Fuß. Sein Büro lag nur ein paar Häuserblocks entfernt. Es war Freitag und er freute sich schon auf das Wochenende – auf *TNT*. Diesen Tag würde er auch noch hinter sich bringen und dann …

In freudiger Erwartung und voller Elan nahm er zwei Stufen auf einmal, pfiff freudig vor sich hin und bog endlich in den Flur zu seinem Büro ein. Um Haaresbreite stieß er mit dem Chef des LKA 1 zusammen.

»Hoppla! Da is ma eener vagnücht. Un det frühmorjens«, wurde er begrüßt.

»Ooooch, det tut mir led, abba ick gehör noch zu de Arbeeter, de wo jerne uf Arbeet jee'n«, entgegnete er grinsend. Lachend ergriff Harry die angebotene Hand, um sie zu schütteln.

Die beiden kannten sich noch nicht so lange, aber fanden sich auf Anhieb sympathisch. Harry unterstand direkt dem Polizeipräsidenten, also war Oskar nicht sein Vorgesetzter. Sie schätzten sich als Kollegen und manchmal trafen sie sich in der Cafeteria, um sich über Fälle auszutauschen.

»Ich muss schon sagen, der Job im Sonderdezernat scheint dir richtig gut zu bekommen. Du kommst daher wie ein junger Springinsfeld, voller Elan. Geht's dir gut, Harry?«

»Ehrlich gesagt, ich hätte es nicht besser treffen können. Du weißt ja, dass ich ziemlich am Ende war, bevor ich hierher kam. Und die Teamarbeit macht auch Spaß. Früher war ich eher ein Einzelgänger, aber das ist wirklich klasse.«

»Na dann, ich will dich nicht länger aufhalten. Aber solltest du mal Zeit erübrigen, könnten wir uns auf ein Bierchen treffen. Meine Lieblingskneipe kennst du ja. Anruf genügt.« Damit wandte er sich zum Gehen. »Tschüss, Kollege, man sieht sich.« Er verschwand um die Ecke des Treppenhauses.

Beide waren keine Berliner. Jedes Mal, wenn sie sich trafen, versuchten sie sich in diesem Dialekt. Einem echten Berliner würden sich vermutlich die Zehennägel aufrollen, ihnen machte es einfach nur Spaß.

Bester Laune betrat Harry das Büro.

»Sag' mal, bist du bereits im Wochenende?«, wurde er begrüßt.

Miriam und Paul sahen ihren Chef ob seiner guten Laune irritiert an.

Harry blickte verdutzt drein, dann verzog sich sein Gesicht zu einem Grinsen. »Geht euch gar nichts an. Also: Gibt es neue Erkenntnisse?

»Miriam hat sich wie eine Bulldogge in das Programm verbissen. Unser kleines Genie hat definitiv herausgefunden, dass … Na, was denkst du, Harry?« Er machte eine Kunstpause.

»Mensch, spann mich nicht so auf die Folter. Nun sag' schon!«

Miriam mischte sich in das Gespräch: »Wir haben es definitiv mit einer Serienkillerin zu tun. Es passt alles zusammen. Nur die dritte Leiche fehlt noch. Ich bin überzeugt, dass die noch gefunden wird.« Stolz richtete sie sich im Stuhl auf.

»Wie sieht's bei dir aus, Paul? Irgendwas aus Thailand erfahren?«

»Nee, absolut nichts. Ich habe mit dem dortigen Konsulat gesprochen. Ohne offizielles Amtshilfeersuchen haben wir null Chancen, auch nur das Geringste herauszubekommen. Das ist wohl immer noch eine Bananenrepublik und ohne Bakschisch geht bei denen sowie so nix. Der Pass ist von einem Amt ausgestellt, das in der nördlichen Provinz Thailands liegt. Das können wir vergessen. Wir sind auf Fakten angewiesen, die wir hier haben.« Verlegen schaute er zu Miriam rüber. »Und was ist mit dir, Harry?«, fragte er schließlich. »Konnten dir die Kollegen in Hamburg und Düsseldorf was Neues sagen? Irgendetwas, was wir noch nicht wissen?«

»Nein, dieses neue Programm enthält tatsächlich die vollständigen Akten, da war jemand verdammt fleißig. Also stehen wir wieder am Anfang und können uns nur auf die Fakten aus dem Programm stützen.«

Er hatte von zu Hause aus noch am Abend E-Mails an die Kollegen geschickt, weil ihn doch ein schlechtes Gewissen überkam. Die Antworten hatte er bereits auf dem Herweg auf dem Handy gehabt. Wohlweislich verschwieg er seinen Gedankenblitz vor den beiden, der gerade wieder beunruhigend in sein Bewusstsein schwappte. Irgendwie scheute er sich, diese Idee mit seinen Kollegen zu teilen. Er wollte sich nicht als schummelnder Internetgigolo lächerlich machen. Außerdem glaubte er nicht an Zufälle. Er war ein Mensch der Fakten.

»Und wie machen wir jetzt weiter?«, fragte er in die Runde.

Da sie mit ihrem Latein am Ende waren, erwartete er keine konkrete Antwort. Was er machen würde, stand bereits fest: Er würde sich mit *TNT* verabreden. Aber bis dahin war es noch ein weiter Weg. Erst mal musste er sie zu einem Privatchat rumkriegen …

»Da wir jetzt sozusagen festsitzen, möchte ich euch bitten, noch mal peinlich genau alle Fakten zu diesen Fällen durchzugehen. Irgendwo gibt es einen

Schwachpunkt bei den Ermittlungen, irgendwas, was übersehen wurde. Wenn wir das herausfinden, ergibt sich ein neuer Ansatz. Ich glaube auch, dass wir es mit einer Serienkillerin zu tun haben, aber wo ist die Verbindung? Schaut euch noch mal die genauen Tatzeiten an. Nicht die Stunden: die Monate! Vielleicht gibt es da einen Anhaltspunkt. Ein Ritual oder so. Ich denke da an einen bestimmten Termin oder ein Ereignis von Bedeutung, vielleicht einen Geburtstag. Irgendwas in der Richtung. Die meisten Serienmorde folgen einem festgelegten Ritual, dem eine Vorgeschichte vorausgeht. Das sind die Kriterien, auf die wir uns konzentrieren müssen. Also ran an die Buletten. Egal wie blöd ein Einfall ist, wir gehen ihm nach. Die Toten haben ein Recht darauf, dass ihre Mörder einer gerechten Strafe zugeführt werden.« Er fürchtete fast, ein bisschen zu sehr auf den Putz gehauen zu haben, und schielte vorsichtig nach eventuellen rollenden Augen. Zu seiner Beruhigung fanden die beiden Kollegen es wohl doch nicht so schwülstig, wie es ihm im Nachhinein vorkam. Er räusperte sich. »Ach so, das hätte ich beinahe vergessen. Kommt mal bitte rüber. Ich hab da so 'ne Idee.«

Als alle am Tisch saßen, begann Harry: »Ich möchte, dass ihr euch in die Opfer gedanklich hineinversetzt. Das waren Manager in großen Firmen, beide unverheiratet. Aus den Akten geht hervor, dass sie auch keine feste Beziehung hatten.« Kurze Pause. »Was machen solche Typen in ihrer Freizeit, wenn nicht saufen?«

»Na, die gehen ins Fitnessstudio, um ihren Body zu stylen«, meinte Paul.

»Ach, und was machen sie mit ihren Hormonen? Gehen die in den Puff?«, warf Miriam schnippisch ein. »Oder schwitzen alles durch die Rippen aus?« Jetzt grinste sie ziemlich frech.

»Stopp, Leute, so kommen wir nicht weiter. Der Weg ist richtig und darauf wollte ich hinaus. Also von vorne. Was machen die Typen in ihrer Freizeit? Also … jeder Mensch sehnt sich nach einem Partner. Das hat erst mal nur mit Bedürfnissen zu tun. Und wenn man keine Zeit hat, ständig unterwegs ist und so, was macht man dann?« Jetzt hatte er sie. Beinahe konnte er hören wie es in ihren Köpfen zu klicken begann.

Miriam zog die Augenbrauen hoch, tat so, als würde sie überlegen und rammte den Zeigefinger in Pauls Rippen. »Du bist doch Single, Paul, was machst du denn so in deiner Freizeit?«

Ihr laszives Grinsen trieb ihm die Schamesröte ins Gesicht. »Wie …? Was meinst du damit?«

»Na, mit wem oder was beschäftigst du dich in deiner Freizeit? Du wirst doch nicht nur rumsitzen und Däumchen drehen«, pikte sie ihn wieder in die Rippen. »Komm, erzähl schon.«

»Lass´ gut sein, Miriam, du machst ihn ja ganz verlegen«, lachte Harry. »Er benutzt genau wie ich seinen Laptop oder PC. Wir surfen halt im Internet rum. Aber darauf will ich gar nicht hinaus. Was machen diese Manager-Typen? Ihr Arbeitszeug sind die Laptops oder PCs. Steht in den Akten etwas darüber, ob ihre Laptops durchsucht wurden? Vielleicht findet man dort das fehlende Glied?« Er lehnte sich zurück und ließ die Frage im Raum stehen.

Miriam und Paul schauten sich verdutzt an. In ihren Gesichtern zeigte sich Überraschung. Wie konnten sie das übersehen?

Paul erholte sich zuerst. »In den Akten stand dazu nichts. Ich rufe mal in Hamburg an, ob die überhaupt in diese Richtung ermittelt haben.«

»Okay. Miriam, du rufst die Kollegen in Düsseldorf an. Und ich kümmere mich derweil um unsere Altlasten.«

Sie standen auf und machten sich an die Arbeit.


Nach endlos vielen Stunden, die jedoch ergebnislos verliefen, wurde es Spätnachmittag. Nur Harry freute sich auf das Wochenende, Miriam und Paul hingegen waren leicht frustriert. Vielleicht gab es nächste Woche neue Erkenntnisse über den Verbleib des vermissten Managers, denn dann hätten sie einen weiteren Anhaltspunkt, der sie vielleicht weiterbrachte.

»Bis Montag, ihr beiden. Und genießt das Wochenende. Ich mach mich mal auf den Weg«, sagte Harry schließlich und klappte demonstrativ die Fallakte zu, die er gerade abgearbeitet hatte. »Tschüss zusammen.«

In freudiger Erwartung auf das Kommende, zog er die Tür hinter sich zu. Die Flure machten einen verwaisten Eindruck, es war Wochenende. Fröhlich vor sich hin pfeifend, fast hüpfend nahm Harry zwei Treppenstufen auf einmal. Schon schloss sich die Tür des Dezernats hinter ihm und die Passanten auf der Straße sahen einen Mann, der sich offensichtlich sehr auf sein Wochenende freute.


»Wie schaut's aus, Miriam. Hast du Lust, noch etwas Trinken zu gehen?«

Paul traute sich endlich zu fragen. Ein Korb von ihr würde sein Selbstwertgefühl allerdings ins Bodenlose stürzen lassen. Leichte Röte überzog sein Gesicht, sein Herz begann laut zu pochen, sodass er meinte, dass sie es hören müsste. Er blickte erwartungsvoll zu ihr rüber.

»Und ich dachte schon, du fragst nie!« Der Schalk in ihren Augen sandte Blitze, die Paul bis ins Mark trafen. »Warum seid ihr Männer immer so umständlich und lasst uns Frauen endlos lange warten?«, fragte sie spitzbübisch. »Was hältst du von der *Giraffe* am Tiergarten? Sind nur ein paar Minuten zu Fuß und einen Biergarten haben die auch«, meinte sie beiläufig.

Pauls Herz pochte noch lauter. Jetzt musste sie es doch hören. Wellen freudiger Erregung durchströmten ihn. Jetzt nur nichts Falsches sagen. Irgendwo hatte er mal gelesen, dass man in solchen Fällen erst mal bis zehn zählen sollte, um keinen spontanen Blödsinn von sich zu geben. Also: *Eins, zwei, drei, vier ...* »Na klar. *Giraffe*. Toller Schuppen. Wollen wir?«

Demonstrativ hoben sie jeder einen Kuli auf und ließen ihn auf den Schreibtisch fallen. Feierabend!

*** 

*Ich glaube, wir sollten uns einfach treffen.*

Gespannt wartete sie auf seine Antwort. Sie würden einen neutralen Treffpunkt vereinbaren, wo sie ihn aus der Ferne beobachten konnte, ohne sich zu erkennen geben zu müssen. Wenn er nicht ihrem Ideal entsprach, würde sie sich ungesehen davonmachen und den Kontakt abbrechen.

Völlig perplex über *TNTs* Vorschlag wusste Harry im ersten Moment nicht, was er schreiben sollte. Verzweifelt und verunsichert starrte er auf seine Tastatur. Was? Was sollte er antworten? In seinem Herzen verspürte er den unbändigen Wunsch sie endlich kennenzulernen, aber er war noch nicht soweit, hatte seine kleine Lüge noch nicht aufgeklärt ... Er hatte sie gerade erst zu einem privaten Chat gebeten und jetzt das! Sie fiel gleich mit der Tür ins Haus. Was er sich so sehr herbeiwünschte, sollte in Erfüllung gehen. War er womöglich für sie genauso ein Volltreffer, wie sie für ihn? Würde die Realität den Wunschvorstellungen entsprechen?

*Wirst du mir deinen realen Namen verraten? Ich kann dich ja schlecht mit TNT ansprechen, oder?*

Puh! Jetzt wurde es spannend. Sein Blick hing wie festgetackert am Bildschirm. Die Spannung war unerträglich. Der Pegel der Wodkaflasche sank um weitere Millimeter.

Der kleine Stift im Dialogfenster begann zu tanzen, schließlich rutsche der vorherige Text eine Zeile hoch.

*Wie gefällt dir Nicole?*

Nicole ... Das gefiel ihm ausnehmend gut und rundete das Bild ab, das er sich von ihr gemacht hatte. Er fühlte sich wie ein Pennäler, dem sein erstes Rendezvous bevorstand.

*Das ist ein wirklich schöner Name – Nicole!*
*Passt zu dir. Du machst mich total neugierig.*

Er konnte ihre Antwort kaum erwarten.

*Vielleicht bist du enttäuscht, wenn du mich siehst? Meine Mutter war Thailänderin, mein Papa Deutscher. Würde dich das stören?*

Seine Synapsen begannen wieder zu explodieren. Thailand! Ein weiteres Indiz … Er glaubte nicht an Zufälle, seine Hormone hingegen schon: *Du meinst, dass du Eurasierin bist? Warum sollte mich das stören? Man mag doch einen Menschen wegen seinem Charakter, egal welcher Herkunft. Eurasierinnen sollen ja besonders hübsch sein. Und? Bist du hübsch?*

Sie brauchte nicht lange für ihre Antwort: *Nein, manche stören sich aber daran. Besonders hier in Deutschland. Ich hab' da so einige Erfahrungen gemacht. Es war nicht immer leicht für mich.*

So oder so: Er würde herausfinden, wer sie war: *Wie kommst du darauf, dass mich das stören könnte. Wir sind doch erwachsene Menschen. Lass uns einfach treffen.*

Sie hatte ihn. *Leider geht das diese Woche nicht mehr, ich bin auf einem Kongress. Wir können uns aber nächste Woche in einem Café treffen. Ich freue mich jetzt schon.*

*Ja, ich freue mich auch. Eigentlich kann ich's kaum erwarten. Virtualität ist eben nur eine Seite.*

*Jeder kann sich dahinter verstecken. Trotzdem bin ich bin froh, dass es solche Foren gibt. Sie sind ein Hilfsmittel und nur dazu da, um das reale Leben einzuleiten. Was zwei Menschen daraus machen, liegt doch ausschließlich an ihnen. Ok, Nicole, wünsche dir viel Spaß – Ciao, freue mich*, plapperte er und drückte auf den Sendenbutton, bevor sein Verstand das schwülstige Geseier abmildern konnte.

Egal. Nun war es passiert – endlich! Vorfreude drohte ihn zu übermannen, seine Hormone spielten verrückt. *Verdammt, ich bin doch kein pubertierender Schuljunge mehr.* Aber was hatte das Alter mit Gefühlen zu tun? *Scheiß drauf, mir geht's gut. Auch ich habe das Recht, wieder verliebt zu sein.*

Seine letzte Beziehung lag einige Jahre zurück. Elke und er hatten eine schöne Zeit verbracht. Vier Jahre hatte das gedauert. Beinahe hätten sie sogar geheiratet. Aber wie in den meisten Polizistenbeziehungen zerstörte der Job über kurz oder lang alles. Die ständige Arbeit mit Verbrechen veränderte jeden, der damit zu tun hatte. Hinzu kamen die permanenten Bereitschaften. Es war einfach nicht möglich, eine normale Beziehung zu leben. Frustration und beginnender Burn-out leiteten den Untergang ein. Um mit diesem ganzen Sumpf zurechtzukommen und seine kranke Psyche herunterzufahren, trank er – zu viel. Aus den Gläschen wurden Gläser, dann Flaschen. Das vertrug auf Dauer keine Beziehung. Harry machte da keine Ausnahme. Kurz vor seinem Absturz hatte Elke sich von ihm getrennt. Sie blieben Freunde und trafen sich gelegentlich, hatten manchmal noch Sex. Ansonsten schleppte er sich so durch. Dann wurde er Chef des neuen Ressorts und konnte seinen Beinahe-Burnout abwenden. Jetzt war er auch in der Lage, sich wieder um sein Liebesleben zu kümmern. Eine neue Beziehung wäre jetzt genau das Richtige!

Ja … wären da nicht die bohrenden Zweifel. *TNT* … Immer wieder schlich sich der Gedanke in seinen Kopf. Wäre es möglich, dass gerade er einer Serienmörderin ins Netz ging? Nein, solche Zufälle gab es nicht. Und trotzdem … die Fakten waren nicht zu leugnen. *Egal. Ich werde mich mit ihr treffen. Dann sehen wir weiter.*

Emotional aufgeputscht und mit Testosteron aufgeladen bis unter die Hirnschale brauchte er jetzt erst mal Erleichterung. Er griff zum Telefonhöre. Nach dem vierten Klingelton hob sie endlich ab.

»Hallo Elke, wie wär's? Hast du Zeit? Wir könnten das Wochenende zusammen verbringen.«

»Ach, du nun wieder, Harry! Fällt dir nichts Besseres ein, als mich zu überfallen?«, lachte sie.

»Ich hab noch nichts vor. Wir könnten wieder mal in den Tiergarten gehen ... abends ziehen wir durch die Kneipen und dann mal sehen ...«

Das hörte sich vielversprechend an. Genau das mochte er so an ihr. Diese Unkompliziertheit, mit der sie alte Zeiten wieder aufleben ließ. Ohne Wenn und Aber, einfach so.

Seine Fantasien schlugen bereits Purzelbäume. »Ja, finde ich eine gute Idee. Ich muss hier nur etwas aufräumen, dann komme ich vorbei. Du bist ein Schatz, Elke. Also bis gleich.«

Gerade wollte er den Hörer auflegen, als sie nachlegte: »Dir geht's doch gut, Harry? Ich hab' das Gefühl, dass du gleich aus allen Nähten platzt, oder irre ich mich? – Und ich meine nicht deine Klamotten, du Schwerenöter.« Jetzt lachte sie lauthals los.

»Okay, okay. Ich wusste nicht, dass du mich noch so gut kennst. Da sieht man, wie wichtig es ist, alte Freundschaften nicht einrosten zu lassen«, gluckste er in den Hörer. »Also, du herzallerliebster Tropfenfänger meiner Leidenschaft, wir sehen uns.« Er legte auf.

Fröhlich pfeifend trottete er zur Spüle und sein Blick fiel auf den Abwasch. Igitt, wie kann man nur so faul sein? In Gedanken war er bereits ganz woanders.

***

Nicole hatte eine schwere Woche hinter sich, mehrere komplizierte Operationen hatten ihr ganzes Können erfordert. Nun freute sie sich auf das Wochenende und traf Vorbereitungen für das Treffen mit ihrem Daddy. Diesmal wollte sie nicht, dass er wieder so schnell verschwand – dafür hatte sie sich etwas ganz Besonderes ausgedacht.

Um ihren Plan umsetzen zu können, hatte sie aus der Krankenhausapotheke mit nicht unerheblichem Risiko ein starkes Narkotikum entwendet. Bei dem Mittel kam es ganz auf die Dosierung an, je nachdem, welchen Effekt man erzielen wollte: einfache Betäubung oder vollkommenen Erinnerungsverlust. Nebenwirkungen waren natürlich nicht auszuschließen und falsch dosiert führte es zu einer Atemlähmung und zum Tode.

Um mit ihrem Daddy länger zusammen sein zu können, brauchte sie ihn lebend, zumindest für eine Weile. Sie vermisste ihn bereits so sehr, dass sie ungeduldig wurde. Am Wochenende wollte sie sich mit ihm in einem Café verabreden. Es sollte ein Straßencafé sein, wo sie ihn zunächst von der gegenüberliegenden Straßenseite aus beobachten konnte. Er würde es ganz bestimmt sein, sie war sich ganz sicher. Und dann … Die Düsternis ihrer

Seele wich Vorfreude und nach langer Zeit stahl sich endlich wieder ein ehrliches Lächeln in ihr Gesicht.

Es war immer noch ziemlich warm. Jetzt, gegen Ende Juli, waren es nur noch ein paar Tage, bis zu Daddys Geburtstag. Ob sie das noch schaffte? In ihrem bunten Sommerkleid, die Haare zusammengebunden, ging sie auf die Terrasse und ließ sich in den Stuhl plumpsen. Auf dem Rattan-Tisch zeigte der Bildschirmschoner ihres Laptops einen dicht bewachsenen tropischen Regenwald, darüber ein sich rot färbender Himmel und die rote Sonne, die im Begriff war unterzugehen. Im Hintergrund, eingerahmt von grünen Berghängen, verblasste die Metropole von Chiang Mai, ihrer Geburtsstadt. Sie wartete, dass ihr Daddy sich im Chat einloggte.

\*\*\*

Es war ein fantastisches Wochenende. Harry und Elke hatten sich ausgepowert – alte Liebe rostet eben nicht – und saß jetzt ausgeglichen an seinem Schreibtisch und ging noch mal alles zum aktuellen Fall durch. Die vielen Fakten konnten niemals Zufall sein. Paul fiel aus, er hatte sich einen Virus eingefangen.

Harry sah zu Miriam rüber. »Hast du in Düsseldorf was rausfinden können?«

»Nur so viel, dass die Kollegen keine Recherche hinsichtlich des Laptops gemacht haben. Das erschien ihnen nicht wichtig. Und die Angehörigen haben sein Appartement mittlerweile aufgelöst, den Laptop gibt's also nicht mehr. Aber vielleicht hatte Paul mehr Glück. Er meinte, er würde heute noch kommen.«

Sie starrte angestrengt auf den Bildschirm, aber ihre Gedanken waren ganz wo anders. Paul und sie hatten zuerst einen netten Abend, dann eine sehr nette Nacht und schließlich das ganze Wochenende zusammen verbracht. Als sie jetzt daran zurückdachte, gab es ihr einen kleinen Stich – vermisste sie ihn etwa schon? War sie verliebt? Sie hielt es für möglich.

Harry holte sich einen Kaffee. »Willst du auch einen?«, fragte er beiläufig und blinzelte zu Miriam rüber.

»Ja, gerne. Schwarz, einen Würfel Zucker bitte.«
»Also wie immer.«

Die beiden vergruben sich in ihre Arbeit, jeder mehr mit privaten Gedanken beschäftigt, als mit den Fällen.

Der Tag verging wie im Flug und ohne schlechtes Gewissen verkündete Harry vergnügt den Feierabend: »Du, ich mach jetzt Schluss. Und du solltest auch gehen. Schau doch mal nach Paul, obs ihm besser geht. Irgendwie fehlt er mir.«

Harry wollte nur noch nach Hause an den PC. Vielleicht war sie im Chat? Eine Woche wollte sie wegbleiben und die war rum. Vorfreude ergriff ihn, ein richtiges Kribbeln im Bauch.

»Gut, mach ich. Ich gehe auf dem Heimweg bei ihm vorbei und schau mal. Also, bis morgen dann.«

\*\*\*

Es war später Nachmittag. Harry saß geschniegelt und gebügelt draußen vor dem Straßencafé. Er trug ein buntes, kurzärmeliges Hawaiihemd, dazu weiße Jeans mit einem schwarzen Gürtel und schwarze Slipper. Sein dunkles zurückgekämmtes Haar trug er gescheitelt, der Dreitagebart und die schwarze Sonnenbrille rundeten den fragwürdigen Eindruck ab. So wie er dasaß, machte er durchaus was her, wenn auch nicht für jeden Geschmack. Während die Sonne unbarmherzig auf ihn niederbrannte, sah er unentwegt auf die Uhr.

Endlich hatte sie sich gemeldet, wollte ihn treffen. Er war ziemlich aufgeregt und hatte fast eine Stunde gebraucht, um sich in Schale zu werfen.

Nun wartete er bereits eine halbe Stunde, was ihn ganz unruhig werden ließ. War ihr was passiert? Hatte sie den Termin vergessen? Hatte sie ihn von Weitem gesehen und die Flucht ergriffen? Nein, es musste etwas dazwischengekommen sein. Er fand im Minutentakt neue Gründe, warum sie sich verspätete …

Im Café auf der gegenüberliegenden Straßenseite saß Nicole und nippte an ihrem Eistee. Sie trug ein beigefarbenes Sommerkleid, dazu helle Sandalen. Die Haare, hinten zusammengeknotet, wurden von einem Kopftuch bedeckt. Durch die dunkle Sonnenbrille und die Fensterscheibe beobachtete sie Harry in aller Ruhe. Was sie sah gefiel ihr. *Ja, du bist es, Daddy ... Bald können wir zusammen sein. Dann erzählst du mir wieder all die schönen Geschichten, als ich noch deine kleine Nicole war. Und von Mama. Ich weiß so wenig von ihr. Du musst mir alles noch einmal erzählen ... Diesmal wirst du länger bei mir bleiben, ich habe vorgesorgt. Du brauchst nicht wieder so früh zu gehen. Und ich erzähle dir, wie böse Oma und Opa zu mir waren ....* Bei dem Gedanken wallte Zorn in ihr auf. *Nein, nein, jetzt nicht.* Doch sie verlor sich ungewollt in Erinnerungen, es schnürte ihr das Herz zusammen. Als sie beinahe ihr Glas fallen ließ, fand sie in die Wirklichkeit zurück.

Jetzt war sie zu aufgewühlt, konnte nicht da rübergehen, zu ihm. Aber nun hatte sie Gewissheit. Am Wochenende würde sie ihn zu sich einladen. Am besten am Freitagnachmittag oder am Abend. Alles war vorbereitet …

Sie winkte dem Kellner, bezahlte und verließ das Café.

\*\*\*

Die Woche verlief ereignislos. Paul war immer noch krank und Miriam arbeitete sich wie eine Besessene durch das neue Programm, ansonsten warteten sie ab, ob sich für ihren aktuellen Fall irgendwelche weitern Hinweise ergaben. Bisher tat sich allerdings nichts.

Seit dem geplatzten Date hatte Harry nichts mehr von Nicole gehört. Er war deprimiert, enttäuscht und zutiefst niedergeschlagen. Am liebsten hätte er alles kurz und klein geschlagen. Trotzdem bemühte er sich, Miriam gegenüber keine schlechte Laune zu zeigen. Aber irgendwie spürte sie seinen Frust, blieb überraschend wortkarg und redete nur das Allernötigste mit ihm.

»Ich vermute mal, Paul geht's immer noch nicht besser?«, fragte er endlich, nur um die Stille zu durchbrechen.

»Doch, doch, nächste Woche ist er wieder da.«

Er brummte etwas, fuhr seinen PC herunter und stand auf. »Ich geh dann mal. Bis Montag.«

Miriam blieb sitzen, bis er das Büro verlassen hatte, dann machte auch sie ihren Rechner aus und ging ebenfalls. Sie hoffte, dass es Paul gut genug ging, um mit ihm ein schönes Wochenende verbringen zu können – und dass Harry am Montag wieder besser drauf war.

# 7.

Er kam zu sich. Die Zunge klebte am Gaumen, sein Kopf dröhnte. Ein Streifen Klebeband über dem Mund erschwerte ihm das Atmen. Mühsam öffnete er die Augen und sah sich verwirrt um. Die heruntergelassenen Jalousien tauchten das Zimmer in diffuses Licht. *Wo bin ich? Was ist passiert?* Verzweifelt kramte er in seinen Erinnerungen, aber da war nichts. Er hatte das Büro verlassen, war nach Hause gegangen ... und dann?

Als er sich aufzusetzen versuchte, bemerkte er, dass er mit Handschellen ans Bett gefesselt war. Er trug seine Straßenkleidung; die Schuhe fehlten. Desorientiert und erschöpft fiel er in die Bewusstlosigkeit zurück.

Als er erneut erwachte, verspürte er quälenden Durst. Dann blickte er in tiefdunkle Augen und ein Gesicht voller Schönheit. Sie hatte sich neben ihn gelegt und kühlte mit einem kalten Waschlappen seine Stirn. Zärtlich tupfte sie auch über seine Schläfen.

»Pssst, Daddy … Ich weiß, dass es dir im Moment nicht so gut geht, aber ich werde für dich sorgen, ja?«

Er hörte die Stimme eines Kindes.

»Ich bringe dir etwas zu trinken, du hast bestimmt Durst. Einen Moment, Daddy.«

Nur vage bekam er mit, wie sie sich entfernte. Sein Kopf dröhnte und pochte immer noch. Wer war diese Frau? Warum klang sie wie ein kleines Mädchen? Wieder wollte ihn wohltuende Ohnmacht umfangen, aber er wehrte sich dagegen. *Denk nach!*

Sie stand wieder neben dem Bett, in der Hand eine Flasche Mineralwasser. Die Kinderstimme sagte ganz ernst: »Wenn du nicht schreist, Daddy, dann darfst du trinken. Wirst du schreien?«, fragte sie. »Bitte, bitte, tu es nicht!« Sie öffnete den Verschluss und hielt die Flasche vor seinen Mund, der immer noch mit einem Klebestreifen verschlossen war.

Harry schüttelte den Kopf und trommelnder Schmerz ließ ihn zusammenzucken, vermischte sich mit dem leichten Brennen, als das Klebeband vorsichtig abgezogen wurde. Er spürte die Flasche an seinem Mund, Wasser strömte über seine ausgedörrte Zunge. Gierig schluckte er das kühle Nass, das beim Luftholen aus seinem Mund quoll und ihm auf die Brust tropfte.

»Du musst langsam trinken, Daddy, sonst erbrichst du es wieder«, sagte sie. »Aber das ist nicht so schlimm. Das mache ich wieder weg. Ich habe noch genug Wasserflaschen im Kühlschrank. Du bleibst ja nun eine Weile bei mir.« Mit einem Tuch tupfte sie sein Gesicht und den Hals trocken. »Später können wir dann zusammen essen. Ruh dich jetzt noch ein bisschen aus.«

Ehe er etwas sagen konnte, klebte sie erneut seinen Mund zu. Beim Rausgehen sang sie ein fröhliches Kinderlied.

Erschöpft sank sein Kopf in die Kissen. Erinnerungsfetzen drangen in sein Bewusstsein: … die kurzfristige Verabredung bei Nicole zu Hause … die Terrasse … Waren das Rattanmöbel? Kuchen, Kaffee … *Blaubeerkuchen!* Aber nein, da war keiner. *Nicole!* Sie war wie von einem anderen Stern, unwirklich schön … wie sie in der offenen Terrassentür stand und ihm zulächelte … Er wollte sie … wollte sie ihn? Vielleicht …

Unbemerkt hatte sie das Zimmer betreten. Auf dem Tablett in ihrer Hand lagen mehrere kleine Sandwiches, daneben aufgeschnittene Tomaten, ein paar Gurkenscheiben und Oliven. Zwei große Gläser Orangensaft rundeten das Gedeck ab. »Ich habe uns etwas zu Essen gemacht, Daddy, so wie du es magst. Iris hat früher immer Sandwiches für uns gemacht. Ach ja, Iris ... sie hat mich auch verlassen, so wie du ... Aber jetzt bist du ja da.«

Diese Stimme ... das war die eines Mädchens von neun oder zehn Jahren.

»Du musst aber nicht alles aufessen. Den Rest hebe ich auf. Du musst mir versprechen, nicht zu schreien, sonst kann ich den Kleebestreifen nicht abmachen. Wirst du leise sein, Daddy?«

Langsam begann sich der Schleier, der sich über Harrys Erinnerungsvermögen gelegt hatte, zu lichten und der Kriminalist in ihm fügte die Puzzleteile zusammen:. Das war Nicole! Aber nicht die Nicole, die ihm auf der Terrasse Kaffee und Kuchen serviert hatte, sondern die kleine Nicole, ein Kind. Was war mit ihr geschehen? Ein furchtbares Erlebnis musste ihre Persönlichkeit gespalten haben, ein frühkindliches Trauma, das ihre Psyche zerriss. Wenn er überleben wollte, musste er die Rolle, die sie ihm zudachte, mitspielen. Nicole war *TNT*, die Serienmörderin, nach der sie suchten. Und er war jetzt ihr Daddy. Noch ...

# 8.

Harry war nun schon den zweiten Tag nicht im Büro erschienen. Miriam und Paul hatten mehrmals versucht, ihn anzurufen, aber ohne Erfolg. Auch auf E-Mails reagierte er nicht.

»Ich bin sicher, dass ihm was zugestoßen ist. Mein Bauch spielt verrückt und der hat mich noch nie betrogen«, meinte Paul. »Mensch, Miriam, das ist doch nicht seine Art, verdammt.«

Wie ein gehetztes Tier lief er im Büro auf und ab. Wenn er sich erregte, bekam er jedes Mal einen roten Kopf, dann wurde er umtriebig, kombinierte, eruierte, brachte alles in Beziehung zueinander und zog schließlich ein Fazit.

Er hatte die Zeit, während er krank war, nicht auf der faulen Haut gelegen. Außerdienstlich hatte er mit Hamburg Kontakt aufgenommen und die damaligen Ermittler explizit nach dem E-Mail-Verkehr des Opfers befragt. Gott sei Dank waren die gründlicher als die Düsseldorfer Kollegen. Bei der Auswertung des Laptops hatten sie einen Kalendereintrag gefunden: *23. Juli, Treffen mit TNT.*

Das war kurz vor seinem Verschwinden. Das war zwar dürftig, aber wenigstens ein neuer Anhaltspunkt. Dann hatte er sich in Dating-Börsen und Chats auf die Suche gemacht. Fast eine ganze Woche hatte er erfolglos damit verbracht, dann gab er auf. Es gab einfach zu viele Foren.

»Weißt du was, Paul? Du fährst jetzt zu seiner Wohnung und schaust nach. Sollte er nicht aufmachen, brichst du die Tür auf. Du weißt schon: Gefahr in Verzug und so! Vielleicht hat er einen Herzinfarkt bekommen und liegt tot in seiner Bude? Zumindest das können wir dann ausschließen.« Über sich selbst erschrocken schaute Miriam geknickt drein.

»Okay, mach ich.«

Froh, endlich etwas unternehmen zu können, war Paul mit wenigen Schritten draußen.

Die Fahrt dauerte nicht lange, es war ja nicht weit.

Auf Pauls Klingeln hin geschah nichts. Auch nicht auf sein lautes Klopfen. Also zog er kurz entschlossen seine Dietriche aus der Tasche und öffnete die Wohnungstür.

Vorsichtig trat er ein. »Harry? Bist du da?« Keine Antwort. Paul sah in allen Zimmern nach – die Wohnung war leer. Sein Blick fiel auf Harrys PC. Vielleicht fand sich da ein Hinweis.

Paul fuhr den PC hoch, der lediglich im Ruhemodus war und daher so startete, wie er zuletzt benutzt worden war. Der Bildschirm zeigte ein Chatforum. Paul fand keinen Hinweis auf Harrys Zugangsdaten und loggte sich daher als Gast ein. Fast eine halbe Stunde durchsuchte er alle öffentlichen Bereiche auf der Suche nach einem ganz bestimmten Namen, wurde aber nicht fündig.

Er begann Harrys Schreibtisch zu untersuchen. Da lag ein Block, leer, aber als Paul ihn schräg gegen das Licht hielt, konnte er durchgedrückte Schrift erkennen. Ein echter Klassiker! Er nahm einen Bleistift und schraffierte leicht über das Blatt, dann wurde die Notiz sichtbar: Laubenweg 12, Grunewald. Hatte sich Harry diese Adresse notiert und hatte den Zettel dann mitgenommen? Paul schraffierte aus reinem Prinzip noch den Rest des Blattes ab und plötzlich tauchte ein kleines Herzchen auf, dann der Name Nicole … und in einer Ecke *TNT*.

Wie von der Tarantel gestochen sprang Paul auf. Sein Blutdruck stieg abrupt, sein Herz klopfte bis zum Hals. Sein analytischer Verstand lief auf Hochtouren: Da war eine gewisse Ähnlichkeit zwischen Harry, den zwei Toten und dem Vermissten … TNT … Harry verschwunden – Harry war in Lebensgefahr!

Der Griff zum Telefon erfolgte automatisch. »Miriam, du musst sofort nachsehen, wer im Laubenweg zwölf in Grunewald wohnt. Ich bin gleich bei dir.« Ohne weitere Erklärung legte er auf, verließ die Wohnung und fuhr ins Büro.

Krachend flog die Bürotür an die Wand, als Paul ins Büro stürmte. Miriam fuhr erschrocken herum.

»Und? Hast du die Adresse? Wer wohnt dort und wie heißt sie?«.

Miriam streckte beide Hände aus, um seinen Lauf zu stoppen. »Ganz ruhig, Paul, okay? Komm wieder runter und erzähl mir, was los ist. Du siehst aus, als wäre der Leibhaftige hinter dir her.« Ihr wurde mulmig zumute, so aufgeregt hatte sie ihn noch nie gesehen.

»Ich habe ganz vergessen, dir zu erzählen, was ich bei den Kollegen in Hamburg herausgefunden habe. Das Opfer hat zuletzt mit einer TNT gechattet.« Er musste eine kurze Pause machen und schluckte mehrmals. »Und weißt du, was ich in Harrys Wohnung gefunden habe?« Wieder musste er schlucken. »Harry hat ebenfalls mit einer TNT gechattet. Ich fand eine Notiz mit der Anschrift und dem Kürzel TNT drauf. Das ist *sie*! Ich bin mir absolut sicher. Harry befindet sich in Gefahr. Wenn es nicht schon zu spät ist …«

Miriam sprang vom Stuhl auf. »Scheiße!«, entfuhr es ihr. »bist du dir wirklich sicher?«

»Mensch, Miriam, hast du den Namen? Wir haben keine Zeit!«, drängte er sie.

»Ja, klar doch. Sie heißt Nicole von Tesmer, Laubenweg zwölf, Grunewald. Der Vater ist Diplomat, 1980 in der DDR verschwunden, 1990 für tot erklärt. Sie ist Anästhesistin und arbeitet an der Charité. 1971 in Thailand geboren, die Mutter, eine Thai, verstarb bei der Geburt. Keine weiteren Verwandten.«

»Klar, das ist sie. Es passt alles zusammen. Nur ein Motiv fehlt. Vielleicht hat es was mit dem Verschwinden ihres Vaters zu tun? Aber dafür haben wir jetzt keine Zeit. Wir müssen unbedingt Harry finden ...«

»Ich rufe das SEK an und gebe ihnen die Adresse. Ich erkläre ihnen kurz um was es geht und wir zwei fahren sofort hin.«

»Keine Zeit. Die kommen eh nicht wegen einer Giftmörderin. Denk an deine Pistole.«

»Brauchen wir Schutzwesten?«

»Bei einer Giftmörderin hoffentlich nicht.«

Als beide ihre Waffen umgeschnallt hatten, stürmten sie aus dem Büro. Das Treppenhaus flogen sie beinahe hinunter.

# 9.

Ich bin wieder da, Daddy! Ich habe mich schon den ganzen Tag darauf gefreut, dass wir uns wiedersehen können. Ich habe dir auch was mitgebracht!«, rief die kindlicher Stimme.« Nicole trug ein Tablett, auf dem Kaffeegeschirr stand. Feiner Kaffeeduft breitete sich aus, Harry erkannte einen Teller mit Blaubeerkuchen.

Seine Hände waren über dem Kopf an das Bettgestell gefesselt. Die Beine, gespreizt, unten am Gestell. Neben dem Bett stand ein Krankenhausnachtschränkchen. Sie hatte an alles gedacht: die Urinflasche, Ente genannt, die für liegende Patienten gedacht war, und die Bettpfanne, dazu der ausziehbare Tisch. Er hatte das alles nun schon mehrmals unfreiwillig benutzt und jedes Mal trieb es ihm die Schamesröte ins Gesicht. Insbesondere nach dem Gebrauch der Bettpfanne und dem anschließenden Säubern, wofür sie ihn jedes Mal aus- und wieder anzog. Anschließend musste er mit dem kleinen Mädchen stundenlange Gespräche führen. Er wusste nun, dass er es mit einer gespaltenen

Persönlichkeit zu tun hatte und warum sie die vorherigen *Daddys* umgebracht hatte – sie hatte ihm alles erzählt: Die wundervollen Jahre mit ihrem Daddy und Iris, die wie eine Mutter zu ihr war, dann der schreckliche Verlust, als ihr geliebter Daddy plötzlich verschwand. Das hatte vermutlich die psychische Störung ausgelöst. Als sie dann bei ihren herzlosen Großeltern wohnen musste, entwickelte sie eine besondere Form der Verletzlichkeit, die dann offenbar in eine schwere Identitätsstörung mündete. In ihrer Brust schlugen zwei Herzen, je nachdem wurde ihr Tun und Handel von Liebe oder Hass gesteuert. Der Wunsch, ihren Vater zurückhaben zu wollen, kollidierte mit dem Umstand, dass er sie über Nacht verlassen hatte. Das wollte sie bestrafen. Dieser Konflikt hatte sie verrückt und zur Mörderin werden lassen. Es erklärte aber auch, warum sie Harry nicht gleich getötet hatte. Die Sehnsucht, ihren *Daddy* länger besitzen zu können, überwog den Wunsch nach Bestrafung. Bei Harry war sie erstmals vom bisherigen Schema abgewichen, was allerdings nichts am Endergebnis ändern würde.

Wie wunderschön sie war, schoss es ihm unwillkürlich durch den Kopf. Ihr kindliches Getue und die Stimme passten so gar nicht zu dieser betörenden Erscheinung, als sie den kleinen Tisch aus dem Schränkchen zog.

Sie stellte das Tablett ab, goss Kaffee in beide Tassen und schnitt ein Stück des Kuchens ab. Dabei schaute sie ihn an und fragte: »Du wirst nicht schreien, Daddy, oder? Wir können sonst nicht gemeinsam Kaffee trinken und den Kuchen kannst du auch nicht probieren. Das fände ich schade.«

Er schüttelte den Kopf. Seine Gedanken rasten. Was konnte er tun? Ans Bett gefesselt war er hilflos, schreien hatte auch keinen Sinn. Wenn er randalierte, wie er es schon einmal versucht hatte, würde sie ihm wieder ein Narkotikum spritzen. Das wollte er auf keinen Fall. *Wenn ich schon sterben soll, dann mit einem letzten Blick auf diese überirdische Schönheit.* Ja, so wollte er sterben …

Sie beugte sich über ihn, schob ihm ein dickes Kopfkissen unter und entfernte sanft, fast zärtlich den Klebestreifen. Den Angstschweiß auf Harrys Gesicht nahm sie nicht wahr. Heute wollte sie sich von ihrem Daddy verabschieden. Er konnte ja nicht für immer bleiben. Es war noch zu früh … sie war noch nicht so weit …

Sie hob die Kaffeetasse an seine Lippen. »Trink einen Schluck, Daddy. Als du damals von mir gegangen bist, haben wir zuvor auch Kaffee getrunken. Meiner war natürlich ganz dünn, denn Kinder dürfen eigentlich keinen Bohnenkaffee trinken. Dafür war der Kuchen von Iris einfach göttlich. Ein

Blaubeerkuchen. Den hat sie immer selbst gemacht«, piepste sie.

Harry nippte vorsichtig an der Tasse. Er war noch heiß und er zuckte zurück. Sie setzte die Tasse ab und tupfte mit einer Serviette seinen Mund ab.

Eiseskälte durchströmte ihn plötzlich. Jegliche Angst fiel von ihm ab; er fror. Wie in Zeitlupe sah er, wie sie die Tasse absetzte und den Teller mit dem Kuchenstück nahm.

Mit einer Gabel stach sie ein großes Stück ab, spießte es auf und hielt es ihm hin. »Komm, Daddy, mach den Mund auf. Der wird dir besonders gut schmecken.«

Harry starrte mit weit aufgerissenen Augen auf die Kuchengabel. Er fühlte unendliche Leere in sich. Dann öffnete er langsam den Mund …

\*\*\*

Ihr Auto kam 50 Meter vom Haus entfernt zum stehen. Sie stiegen aus und schlossen geräuschlos die Türen. Vorsichtig näherten sie sich dem Gartentor. Es war nur angelehnt.

»Du gehst hinten rum. Ich versuche mit einem Dietrich die Haustür zu öffnen. Bitte sei vorsichtig, wir wissen nicht, wie sie reagieren wird. Vielleicht lebt Harry ja noch«, flüsterte er Miriam ins Ohr.

»Was soll ich machen, wenn sie auf mich los-
geht?«, presste sie ängstlich hervor. »Ich habe so
etwas noch nie gemacht.«

»Das musst du ad hoc entscheiden. Wir wissen
doch nicht, was da drinnen los ist und wir haben
jetzt auch keine Zeit, darüber zu diskutieren. Bitte
sei vorsichtig!«

Beide entsicherten ihre Pistolen, dann schlichen
sie auf das Haus zu. Während Miriam sich zur
Rückseite begab, versuchte sich Paul an der Haustür.

*Verdammt! Verdammt! Verdammt!* Das Schloss
ließ sich zu Pauls Entsetzen nicht ohne Weiteres
öffnen. Einen Dietrich hatte er schon verbogen. In
seiner Verzweiflung fingen seine Hände an zu zit-
tern, wurden feucht und ein Schweißtropfen rann
ihm ins Auge. Er schüttelte ihn ab. Es kam ihn wie
eine Ewigkeit vor. Plötzlich klickte es. Leise drückte er die Klinke herunter und die Tür schwang laut-
los auf.

Die Pistole in der ausgestreckten Hand vor sich
haltend, betrat Paul vorsichtig den Flur.

Miriam hatte die Terrasse erreicht. Die Rattan-
Möbel beseitigten ihre letzten Zweifel. Die Tür
stand offen. Mit klopfenden Herzen betrat sie das
Haus. Das Wohnzimmer war leer. Sie ging weiter

und stand plötzlich vor einer geöffneten Zimmertür. Mit einem Blick erfasste sie die Situation. Sie sah die Gabel mit dem Kuchen in Harrys offenen Mund gleiten und riss die Pistole hoch. Der Knall war ohrenbetäubend.

Die Frau zuckte zusammen, ließ die Gabel fallen und drehte sich um. *Warum?*, formten ihre Lippen. Dann brach sie neben dem Bett zusammen.

Miriam stand wie betäubt da und zitterte am ganzen Leib.

Harry spuckte das Kuchenstück aus. »Gott … bin ich froh, dass du da bist!«, keuchte er.

Paul stürmte ins Zimmer und versuchte, das Bild in sich aufzunehmen: der angekettete Harry, die zitternde Miriam mit der Waffe in der Hand, kurz vor dem Zusammenbruch, und die tote Frau neben dem Bett. Ihre Augen starrten blicklos an die Decke. Verstohlen wischte er sich die aufkommenden Tränen mit dem Ärmel ab.

»Lach du nur, Harry, das sind Freudentränen. Und ich schäme mich kein bisschen! Mein Gott … ich bin so froh, dass du lebst.

Auch Harry liefen tränen über die Wangen – Tränen der Erleichterung und Freude.

Paul befreite ihn von den Handschellen. Harry setzte sich auf, dann wurde er von beiden umarmt. Zu dritt saßen sie auf dem Bett und hielten sich an den Händen, jeder für sich in Gedanken versunken.

»Wir brauchen einen Krankenwagen«, sagte Paul schließlich.

»Und einen Leichenwagen«, brummte Harry, während Paul sein Handy aus der Tasche holte.

***

Die Tür zu seinem Krankenzimmer öffnete sich langsam. Dann erschien ein Blondschopf und gleich darauf ein großer Blumenstrauß. Natürlich lugte der Rotschopf hinterher.

»Nun kommt schon rein, sonst hole ich mir noch eine Erkältung«, lachte Harry. »Auch im Sommer kann man erfrieren oder gar sterben, wie ihr ja gerade erlebt habt.«

Er saß mit hochgeklappter Rückenlehne im Bett, die Decke bis zur Brust hochgezogen. Die Blässe im Gesicht zeugte von den Strapazen, die er hinter sich hatte.

Verlegen stand Paul vor dem Bett. »Harry, ich …« Mehr brachte er nicht raus.

Miriam suchte für die Blumen eine Vase. »Du glaubst gar nicht, wie froh wir sind, dass es dir wieder gut geht, Harry. Der Arzt hat gesagt, dass du nächste Woche wieder arbeiten darfst. Ich jedenfalls freue mich. Ich hoffe, dass du mir dann hilfst …«

»Und bei was soll ich dir helfen?«

Sie drehte sich zu ihm um. »Ich … ich ich habe einen Menschen erschossen. Glaubst du, das kann ich so einfach wegstecken? Auch wenn ich dir damit das Leben gerettet habe. Ich träume nachts davon und kann nicht mehr richtig schlafen. Außerdem gibt es eine Untersuchung.«

»Komm' mal her, Blondie. Du glaubst doch nicht im Ernst, dass ich dich damit allein lasse. Ich glaube, dass wir alle drei etwas aufzuarbeiten haben. Ich für meinen Teil scheue mich nicht, den psychologischen Dienst zu beanspruchen. Was meinst du Paul?«

»Richtig. Gemeinsam stehen wir das durch und dann läuft's wieder normal«, sagte er leise.

»Seit ich hier liege, geht mir der Vater von Nicole nicht aus den Kopf.«

»Wieso, was ist mit dem? Der ist doch seit Jahren tot«, meinte Miriam.

»Für tot erklärt. Wir wissen nicht, was mit ihm passiert ist«, ergänzte Paul.

Harry legte den Kopf nach hinten und es sah aus, als würde er nachdenken. »Da magst du recht haben. Niemand weiß wann, wie und wo er gestor-

ben ist, nur dass er in der ehemaligen DDR verschwunden ist. Für mich riecht das verdächtig nach
unaufgeklärtem Mord. Was meinst du Paul?

»Okay, okay, habe verstanden. Ich besuche mal
die Gauck-Behörde. Und wenn ich in den Unterla-
gen der Stasi fündig werde und etwas über Ingo
von Tesmer herausfinde, hätten wir vermutlich
einen ungelösten Mordfall.

»Na dann, liebe Kollegen, war´s das für heute.
Ich danke euch herzlich für euren Besuch und die
Anteilnahme. Aber jetzt bin ich müde.« Er ließ die
Rückenlehne runterfahren, legte sich hin und noch
während die Kollegen das Zimmer verließen, dach-
te er über seinen neuen Fall nach – und über das
Für und Wider des Chattens. Er war immer noch
Single …

FSC
www.fsc.org

MIX

Papier | Fördert
gute Waldnutzung

FSC® C083411

Zeitfracht Medien GmbH
Ferdinand-Jühlke-Straße 7
99095 Erfurt, Deutschland
produktsicherheit@kolibri360.de